Քնկոտ Խոռոչի Լեգենդը

Մի ցնցող երկիր ցնցող գլուխ էր, երազած ողսաշայր առաջացող ալիքները, եւ գեյ բլթների մեջ, որոնք անցնում են ամպերի վրա, անընդհատ լցվում ամառային երկնքում

Ծոցում մեկի այն ընդարձակ coves որը պահանջագիր արեւելյան ափին hudson, այդ լայն ընդլայնման գետի դրամային կողմից հնագույն dutch ծովագնացների է tappan ան զեե եւ որտեղ նրանք միշտ շրջահայաց կրճատվել է լողալ եւ աղերսեց պաշտպանությունը st. Նիկոլա, երբ նրանք անցել են, այնտեղ կա փոքր շուկայի քաղաք կամ գյուղական նավահանգիստ, որը ոմանք կոչվում են greensburgh , բայց ավելի ընդհանուր եւ պատշաճ կերպով հայտնի է կախյալ քաղաքի անունով: այս անունը տրվեց, պատմում ենք, որ նախկին օրերին, հարեւան երկրի լավ տնային տնտեսուհիները, իրենց ամուսինների անխնա հակումով, գյուղի պանդոկի մասին շուկայական օրերի մասին խոսում են: լինել, որ դա հնարավոր է, ես չեմ վավերացնի փաստի համար, այլ պարզապես գովազդը դրան, հանուն ճշգրիտ եւ վավերական լինելու: մոտավորապես երկու կիլոմետր հեռավորության վրա գտնվող այս գյուղից ոչ հեռու, բարձր հովտում կա մի փոքրիկ հովիտ, կամ ավելի շուտ հողատարածք, որը ողջ աշխարհի ամենափոքր վայրերից է: մի փոքրիկ գետը սահում է դրա միջով, ուղղակի մոլախոտով, որպեսզի կարողանա փաթաթել մեկին: եւ անտառապարկի պարբերական սուլոցը կամ փայտփորկի փորագրումը գրեթե միակ ձայնն է, որը երբեւէ խախտում է համանման հանգստությունը :

Ես հիշում եմ, որ երբ մի ստրիպտիզ, իմ առաջին սալիտը սեվեռ կրակում էր բարձրահասակ ընկույզի ծառերի պուրակում, որը երիզում է ձորը: ես ներս մտա այնտեղ, երբ ամբողջ բնությունը յուրահատուկ հանգիստ էր, եւ զարմանում էր իմ ատրճանակի բոցով, քանի որ այն խախտեց շաբաթի հանդարտությունը եւ երկարաձգեց եւ ցնցեց զայրացած արձագանքները: եթե ես երբեւէ ցանկանամ նահանջել, ուր ես կարող եմ գողանալ աշխարհից եւ նրա հուզմունքից եւ երազել հանգիստ հեռու մնալ անհանգիստ կյանքի մնացորդից, ես գիտեմ, որ այս փոքրիկ հովտից ոչինչ ավելի խոստումնալից է:

Տեղանքի անվերապահ ամրապնդումից եւ նրա բնակիչների բնորոշ բնույթից, որոնք նախնական հոլանդացի բնակիչներից ժառանգներ են , այս sequendered glen վաղուց հայտնի է քնկոտ խոռոչի անունով, եւ նրա գեղջուկ ճագարները կոչվում են քնկոտ խոռոչ տղաներ բոլոր հարեւան երկրներում: մի ցնցող, աղմկոտ ազդեցություն, կարծես, կախված է հողի վրա եւ մթնոլորտը թուլացնելու համար: ոմանք ասում են, որ տեղ է bewitched մի բարձր գերմանացի բժիշկ, ընթացքում վաղ օրերին կարգավորման. Մյուսները, որ հին հնդիկ ղեկավարը, իր ցեղի մարգարէն կամ հրաշագործը, իր թշնամիներին այնտեղ անցկացրին, մինչեւ երկիրը հայտնաբերվեր վարպետ հենդրիկով հեդսոն : որոշակի տեղ կա, շարունակում է մնալ որոշ կախարդական իշխանության տակ, որը բռնում է բարի մարդկանց մտքերը եւ հանգեցնում է նրանց շարունակական վերադարձի: դրանք տրվում են բոլոր տեսակի հրաշալի համոզմունքների, ենթարկվում են տրանզիտների եւ տեսլականների, հաճախ տեսնում են տարօրինակ տեսարաններ, եւ լսվում են օդում երաժշտություն եւ ձայներ: ամբողջ հարեւանությունը հարատեւվում է տեղական հեքիաթներով, կախարդական կետերով եւ մթնշաղային սնահավատությամբ. Աստղերը կրակում են եւ երկնաքարները գոռում են հովտում, քան երկրի որեւէ այլ մասում, եւ մղձավանջը, ընդամենը իննսունինը , կարծես այն դարձնում է իր gambols- ի սիրված տեսարանը:

Գերիշխող ոգին, սակայն, այն է, որ այս զարմանահրաշ շրջանը զննում է, եւ, կարծես, օդային բոլոր ուժերի գլխավոր հրամանատարն է, ձիու վրա, առանց ղեկավարի: ոմանք ասում են, որ հսկա ռազմիկի ուրվականը, որի գլուխը հանվել է թնդանոթի գնդակով, հեղափոխական պատերազմի ընթացքում որոշակի անիմաստ ճակատամարտում եւ ով երբեւէ եւ երբեք չի տեսել երկրի ժողովրդի շտապում գիշերը մթության մեջ, կարծես քամու թեւերում: Նրա արբանյակները չեն սահմանափակվում հովտում, բայց երբեմն տարածվում են հարակից ճանապարհների վրա, եւ հատկապես մեծ հեռավորության վրա գտնվող եկեղեցու հարեւանությամբ: իսկապես, որոշակի առավել նույնական պատմաբանների այն մասերի, որոնք եղել զգույշ լինել հավաքման եւ հավաքագրման լողացող փաստերը առնչվող ուրվական, պնդում է, որ մարմինը trooper, որ արդեն թաղված է եկեղեցու, ուրվականը rides չորրորդ դեպքի վայր է ճակատամարտի ի գիշերային որոնել նրա գլխին, եւ որ շտապում արագությամբ, որի հետ նա երբեմն անցնում երկայնքով խոռչ, նման է կեսգիշերին տեղի ունեցած պայթյունի հետեւանքով, որը շնորհիվ նրան, որ ուշացած, եւ շտապում ստանալ ետ դեպի եկեղեցու առջեւ առաւոտ:

Այսպիսի լեգենդար սնահավատության ընդհանուր դրույթը, որը տրամադրեց նյութեր շատ ստվերային պատմության համար ստվերների այդ շրջանում. Եւ տեսարանը հայտնի է ամբողջ երկրում, ըստ անվադող ձիավորի `քնկոտ խոռոչի անունով:

Ուշագրավ է, որ ես նշեցի , որ տեսողական հակումները չեն սահմանափակվում հովտի հայրենի բնակիչներին, բայց անխուսափելիորեն կախված է այնտեղ գտնվող յուրաքանչյուր ոք, ով ապրում է այնտեղ: սակայն լայն արթնացրին նրանք, նախքան նրանք մտան այդ քնկոտ շրջանը, նրանք համոզված էին, որ մի փոքր ժամանակով ներխուժել են օդի կախարդական ազդեցությունը եւ սկսում են աճել երեւակայական, երազել երազներ եւ տեսնել, թե ինչ տեսարաններ:

Ես նշում եմ այս խաղաղ spot բոլոր հնարավոր laud, որովհետեւ դա այնպիսի փոքր պաշտոնաթող dutch հովիտներում, հայտնաբերված այստեղ, եւ այնտեղ շրջապատված է մեծ պետության new york, որ բնակչության, manners, եւ մաքսային մնում ամրագրված, իսկ մեծ տարափ միգրացիայի եւ բարելավումը, որն այդ անդադառնալի երկրի մյուս մասերում նման անընդհատ փոփոխություններ է կատարում, նրանց կողմից անփոփոխ է մղվում: նրանք նման են դեռեւս ջրի փոքրիկ անկյուններին, որոնք սահմանում են արագ հոսք, որտեղ մենք տեսնում ենք, որ ծղոտը եւ պղպջակները հանգիստ նստած են խարիսխում կամ դանդաղորեն վերածվում են իրենց իմաստնած նավահանգստում, անխիղճ անցնող անցողիկ շնչով: թեեւ շատ տարիներ են անցել, քանի որ ես կոխ են ալարկոտ երանգներ sleepy hollow, սակայն ես հարցին, թե արդյոք ես պետք է դեռ չեն գտնել այն նույն ծառերի եւ նույն ընտանիքներին vegetating իր ապաստանած ծոցը:

Է այս տեղը բնության կա բնակավայր, մի հեռավոր ժամանակաշրջանի ամերիկյան պատմության մեջ, այսինքն, մոտ քառասուն տարի է անցել, մի արժանի wight անվան ichabod կռունկի, ով բնակւում, կամ, ինչպես ինքն է ասել. «խմեցին , «քնկոտ խոռոչում», շրջակա միջավայրի երեխաներին ուսուցանելու նպատակով: նա բնիկ էր connecticut , որը պետություն է, որը միավորում է պիոներների հետ մտքի, ինչպես նաեւ անտառի համար, եւ ուղարկում է իր տարեկան լեգիոնները սահմանային անտառների եւ երկրի դասախոսների: կռունկի կոնցենտրացիան իր անձի համար անթույլատրելի էր: նա բարձրահասակ էր, բայց չափազանց մեծ էր, նեղ ուսերով, երկար ձեռքերով եւ ոտքերով, ձեռքերը, որոնք կախված էին մազից, նրա գլխարկներից, ոտքերը, որոնք կարող էին ծառայել բրեզենտե, եւ նրա ամբողջ շրջանակն ամենալավը կախված էր միասին: նրա գլուխը փոքր էր եւ հարթ էր վերեւում, մեծ ականջներով, մեծ կանաչ ապակու աչքերով եւ երկար շրթունքի քիթով, այնպես, որ այն կարծես եղեգի պարանոցի վրա ընկղմված եղեգի աքաղաղը հայտնաբերելու համար պատմում էր, թե ինչպես է քամին փչում: տեսնելով նրան, որ քամոտ օրվա բլրի պրոֆիլով քայլում է, իր հագուստի ծալած ու ճչացող նրա գլխարկով, կարող էր սխալվել նրան սովի համար, որ իջնում էր երկրի վրա, կամ էլ խոտհարքից դուրս եկած մի խրտվիլակ:

Նրա դպրոցական շենքը ցածր շենք էր մեկ մեծ սենյակում, կոպիտ կառուցված լոգերից: պատուհանները մասամբ ծածկված են եւ մասամբ ծածկված են հին պատճենահանված տերեւներով: այն թափանցիկ ժամերով առավել խելացիորեն ապահովված էր, դռան բռնակով խեղաթյուրված, եւ պատուհանի պատուհանի վրա դրված ցցերը. Այնպես, որ չնայած մի գող կարող է ստանալ կատարյալ հեշտությամբ, նա պետք է գտնել ինչ - որ շփոթություն է ստանում դուրս, -an գաղափարը ամենայն հավանականությամբ պարտքով վերցված են ճարտարապետ, yost վան հաուտենի, սկսած առեղծվածը է eelpot: դպրոցը կանգնած էր բավականին լուռ, բայց հաճելի վիճակում, ընդամենը փայտյա բլրի ստորոտում, մոտոցիկլետով անցնող գետնին, եւ դրա մի ծայրում աճող խոշոր եղջերափայտ: հետեւաբար, իր աշակերտների ձայնի ցածր գոռգոռոցը, իրենց դասերի կապակցությամբ, կարելի է լսել ցնցող ամառային օրվա նման, ինչպես փեթակին հում: ընդհատեց այժմ եւ այնուհետեւ վարպետի հեղինակավոր ձայնը, սպառնալիքի կամ իրամանատարության տոնով, կամ, հավանաբար, բեկի սարսափելի ինչյունով, քանի որ նա հորդորեց որոշակի ուշադիր լծակ հաղորդել գիտելիքի ծաղիկների ճանապարհին: ճշմարտություն ասելու համար, նա բարեխիղճ մարդ էր, եւ երբեւէ հիշեցրեց ոսկե մաքսիմը, «պահիր գավազանը եւ փչացրեց երեխային»: իզաբոդ կռունկի գիտնականները, անշուշտ, չեն փչացել:

Ես չէի պատկերացնում, սակայն, որ նա դպրոցից դաժան պոտենցիալներից մեկն էր, որը ուրախություն էր տալիս իր սուբյեկտներին: ընդհակառակը, նա արդարադատություն էր վարում խտրականությամբ, այլ ոչ թե խստությամբ: բեռը վերցնելով թույլերի կողքերից եւ այն դնելով ուժեղների վրա: ձեր մռայլ ստրիպտիզը, որը պտտվում էր գավազանի ամենափոքր ծաղիկներից, անցնում էր անմխիթարությամբ. Սակայն արդարադատության պահանջները բավարարվել են կրկնակի մասնաբաժինով, որոշ չափով կոշտ սխալ ուղղորդված, լայնածավալ հոլանդական սուսամբարների վրա, որոնք սողոսկել եւ ծծվել էին եւ աճել ու կտրել բշտիկի տակ: այս ամենը նա կոչեց «իր պարտականությունը կատարել իրենց ծնողների կողմից». Եւ նա երբեք չի պատժել, առանց հետեւելու այն հավաստիացումով, այնպես որ դավաճանություն է խելացի սուրչին, որ «նա կհիշի այն եւ շնորհակալություն նրան ամենաերկար օրը, որ պետք է ապրեր»:

Երբ դպրոցական ժամերը ավարտվեցին, նա նույնիսկ մեծ տղաների ուղեկիցն ու խաղացողն էր, եւ տոնական afternoons պիտի ուղեկցել որոշ փոքր նորերը տուն, որը պատահել է ունենալ գեղեցիկ քույրերին, կամ լավ տնային տնտեսուհիներ համար մայրերի, նշել է, հարմարավետության բուֆետ: իրոք, այն էր, որ նա իր աշակերտների հետ լավ պահի: դպրոցից եկած եկամուտը փոքր էր, եւ հազիվ էր լինում, որ նրան ամեն օր հացով տրամադրեն, քանի որ նա հսկայական սնուցող էր, եւ խառնաշփոթը եղել է անակոնդի խոշոր տերությունները: սակայն օգնելու իր պահպանմանը, նա, ըստ այդ մասերի երկրի սովորության, նստեց եւ հյուրընկալեց ֆերմերների տներում, որոնց երեխաներին հանձնարարեց: այդ ամենի հետ մեկտեղ նա մեկ շաբաթ շարունակ ապրում էր, այսպիսով հարեւանությամբ շրջագայելով, իր բոլոր աշխարհայական ազդեցությունների հետ կապված, կապված բամբակյա թաշկինակով:

Որ այս ամենը չի կարող չափազանց բարդ լինել իր գեղջուկ հովիվների դրամապանակներում, որոնք համարում են դպրոցական ծախսերի ծանր բեռը եւ դպրոցական վարպետները, որպես սովորական ինքնաթիռ, նա իրեն մատուցելու օգտակար եւ հաճելի տարբեր ձեւեր ունի: նա երբեմն օգնում էր ֆերմերներին իրենց ֆերմերների ավելի ցածր աշխատանքներում, օգնեց խոտը խփելու, ցանկապատերը խփեց, ձիերին ջրի մեջ գցեց կովերը արոտավայրից եւ կտրեց փայտը ձմռան կրակի համար: նա մի կողմ դրեց նաեւ բոլոր գերիշխող արժանապատվությունը եւ բացարձակ վճռականությունը, որով նա տիրեց այն իր փոքրիկ կայսրության, դպրոցում եւ դարձավ զարմանալիորեն նրբանկատ եւ խրախուսող: նա բարերարություն գտավ մայրերի աչքերում `երեխաներին խլելով, հատկապես ամենաերիտասարդը. Եւ առյուծի պես համարձակ էր, որը մինչ այդ գորգը պահպանում էր այդքան մեծ բան, մի ծունկով նստեց երեխայի հետ, եւ միասին ամբողջ ժամերով միասին ոտքով փաթաթում էր օրորոցը:

Իր մյուս մասնագիտություններից բացի, նա հարեւանության երգիչ-վարպետ էր եւ շատ վառ շիլլինգներ է վերցրել, սովորում է երիտասարդներին ուսուցանել: կիրակի օրերին նրան ոչինչ չէր համարում , իր կայարանը վերցնել եկեղեցու պատկերասրահի մոտ, ընտրված երգիչների խմբի հետ. Որտեղ, իր մտքում, նա լիովին հեռացրել է արմավենի է parson. Որոշակի է, նրա ձայնը հնչեցրեց ժողովի մյուս անդամներից շատերը: եւ կան բնորոշ quavers դեռ պետք է լսել, այդ եկեղեցում, եւ որը կարող է նույնիսկ լսել, կես մղոն դուրս, միանգամայն հակառակ կողմում millpond, է դեռեւս կիրակի առավոտյան, որոնք որ պետք է օրինական կերպով սերում քթի ichabod կռունկ. Այդպիսով, զանազան փոքրիկ խառնաշփոթություններով, այդ խորամանկ ձեւով, որը սովորաբար արտահայտվում է «կախովի եւ կռունկով», արժանի մանկավարժը բավական հանդուրժելիորեն ընդունեց եւ կարծում էր, որ բոլոր նրանք, ովքեր չգիտեին, հեշտ կյանքը:

Դպրոցի տնօրենը, ընդհանուր առմամբ, կարեւոր նշանակություն ունի գյուղական շրջանի կանանց շրջանում. Լինելով մի տեսակ անգործուն, ջենտլմենական անձնավորություն, իսկայական բարձրակարգ ճաշակի եւ իսկայական նվաճումների համար կատարված նվաճումները, եւ, իրոք, զիջում է միայն տաբարին սովորելուն: հետեւաբար, նրա արտաքին տեսքը, առիթ է հանդիսանում մի փոքրիկ շոգեխաշել մի Ֆերմայի թեյի սեղանի վրա, ինչպես նաեւ տորթերի կամ sweetmeats- ի գերբնակված տորթերի ավելացում կամ, թերեւս, արծաթե թեյի շքերթ: մեր նամակ գրողը, հատկապես, երջանիկ էր բոլոր երկրպագուների ժպիտներում: ինչպես նա կխնդրեր եկեղեցու բակում, կիրակի օրվա ծառայությունների միջեւ . Խաղողի այգիները հավաքելու համար, որոնք շրջապատում են շրջակա ծառերը: պատրաստելով իրենց զվարճանքի համար բոլոր գերեզմանները գերեզմաններում: կամ հարակից ժայռերի միկրոավտոբուսների երկայնքով նրանց մի ամբողջ հարստահարում. Մինչդեռ ավելի խայտաբղետ երկրագնդի բաբախյունները կախաղան հագցնեին, նախանձելով իր վերադասավոր շքեղությունն ու հացեները:

Իր կես ճանապարհային կյանքից, նա նաեւ մի տեսակ ճանապարհորդող թերթ էր, տեղական բամբասանքի ամբողջ բյուջեն տանելով տնից, այնպես, որ նրա տեսքը միշտ բավարարվեց գոհունակությամբ: նա եղել է, ընդ որում, հարգված է կանանց, որպես մի մարդ մեծ կրթվածության, որովհետեւ նա կարդացել էր մի քանի գրքեր բավականին միջոցով, եւ էր կատարյալ վարպետ բամբակյա mather ի «պատմության մեջ նոր անգլիայի witchcraft», որի, ի դեպ, նա շատ ամուր եւ հավատացած:

Նա, ըստ էության, փոքր տարօրինակության եւ պարզ դյուրահավատության տարօրինակ խառնուրդ էր: նրա ախորժակը զարմանալիորեն , եւ նրա զորացրման ուժերը հավասարապես արտառոց էին. Եւ երկուսն էլ ավելացան իր նստավայրի կողմից այս աղաղակող շրջանում: ոչ մի հեքիաթը չափազանց կոպիտ կամ հրեշավոր էր նրա մեծ հափշտակումի համար: երբեմն նրա հրճվանքը, երբ դպրոցն ընկել էր կեսօրից հետո, ձգվելով իրեն պատկանող հարուստ երանգի վրա, որը սողոսկել էր իր դպրոցական շենքը, եւ այնտեղ հին մաթերի հեգնական հեքիաթներ էին հագնում, մինչեւ երեկոյան հավաքված երեկոն տպագիր էջը միայն իր աչքերի առաջ: այնուհետեւ, երբ նա ճոճանակով եւ հոսանքով ու սարսափելի անտառապատմամբ ճանապարհի ընկավ, այն ֆերմայի վրա, որտեղ նա պատահեց, որ ամեն վայրկյան բնության, այդ կախարդության ժամին, իր հուզված երեւակայությունը փչեց, բլուրից , ծառի բծախնդրության աղմուկից, փոթորկի բորբոքումից, սաստիկ բուռի ցավալի հեգնանքից, կամ թռչունների գագաթնակետին հանկարծակի ցնցումից վախեցած իրենց արմատից: հրդեհները, որոնք նույնպես ամենաթանկարժեք վայրերում շողշողացան, հիմա վախեցան նրան, քանի որ անսովոր պայծառությունն իր ուղու վրա հոսում էր: եւ, պատահաբար, բզեզի հսկայական բլոկը, իր թշնամիների թռիչքը թափահարեց, աղքատ բելետը պատրաստ էր հրաժարվել ուրվականից, այն գաղափարի, որ նրան հարվածել էր կախարդի նշանով: իր առանձին ռեսուրսը նման դեպքերում, կամ խեղդել մտքի կամ խուսափել չար ոգիներից, երգելու էր սաղմոս երգերը եւ քնկոտ խոռոչի լավ մարդիկ, քանի որ նրանք նստած էին երեկոյան իրենց դռների մոտ, հաճախ լցվում էին վախից `լսելով նրա քթի մեղեդին , «երկար տեւեց կապակցված քաղցրության մեջ», լողացող հեռավոր բլրի վրա կամ երկնագույն ճանապարհով:

Ահավոր հաճույքի իր աղբյուրներից մեկը հին հոլանդացի կանանց հետ երկար ձմեռային երեկոներ էր անցնում , քանի որ նրանք նստում էին կրակի կողմից, մի օղի խնձորով եւ խառնվում էին օջախի երկայնքով եւ լսեցին իրենց հրաշալի ուրվականների եւ գոբլինների հեքիաթները, եւ արշավանքները, ինչպես նաեւ արշավանքները, կախարդական կամուրջները, տաները, հատկապես անգլիացի ձկնորսը, կամ գետնին ձգված հեսսիան, երբեմն նրան կոչում էին: Նա չէր հրճվում նրանց հավասարապես իր անեկդոտների կախարդության, եւ այդ սոսկալի սնահավատ ու ահավոր տեսարժան վայրերի եւ հնչում է օդում, որը գերակշռում է ավելի վաղ ժամանակներում կոնեկտիկուտ եւ նրանց վախենալով վախենում էին կոմետեների եւ աստղերի վրա սպեկուլյացիաներով. Եւ անհանգստացնող փաստով, որ աշխարհը բացարձակապես շրջվեց, եւ որ նրանք կիսամյակի ժամանակներն էին:

Բայց եթե այդ ամենը հաճելի էր, միեւնույն ժամանակ, անկրկնելիորեն փաթաթվելով պալատի ծխնելույզ անկյունում, որը բոլորի շողշողացող փայլուն փայտի հրդեհից էր, եւ որտեղ, իհարկե, որեւէ առիթ չէր համարձակվում ցույց տալ իր դեմքը, ձեռք բերված իր հետագա զբոսանքի տան սարերի պատճառով: ինչ սարսափելի ձեւեր ու ստվերներ կպցնում են իր ճանապարհին, ձյան գիշերվա աննկատ ու շիկացած շողում: ինչ փխրուն հայացքով նա տեսավ, որ հեռավոր փողոցներից հեռու լույսի ամեն ջախջախիչ ճառագայթը թափվում է հեռավոր պատուհանից: թե որքան հաճախ էր նա սարսափած էր ինչ-որ թուփ ծածկված է ձյունով, որը նման բրեզենտով ծածկված տեսիլ, լի է նրա ուղին. Որքան հաճախ էր նեղանում, որ իր սարսափելի ճարպի ձայնի վրա սարսափի մեջ ընկավ, իր ոտքերի տակ գտնվող ցրտերի մեջ. Եւ սարսափը նայելով նրա ուսերին, որ չտեսնեն, թե ինչ-որ անբացատրելի է, որ մոտենում է նրա հետեւից: եւ որքան հաճախ էր հանկարծակի ցնցում լցված պայթյուններից, ծառերի միջով փչում էր, այն գաղափարի, որ այն գարշելի հեսսիան էր իր գիշերային քերծվածքներից մեկում:

Այդ ամենը, սակայն, գիշերի սարսափներն էին, խավարում քայլող միտքը, եւ չնայած նա իր ժամանակներում տեսել էր բազմաթիվ տեսարաններ եւ բազմիցս ձեւափոխվել էր սատանայով , իր միայնակ ծուղակներում, սակայն ցերեկը վերջացրեց այդ բոլոր չարիքները: եւ նա անցավ հաճելի կյանք, չնայած դեւերին եւ նրա բոլոր գործերին, եթե նրա ճանապարհը չի անցել մի մարդու կողմից, որն ավելի անհեթեթություն է առաջացնում մահկանացու մարդու նկատմամբ, քան ուրվականները, գոբլինները եւ վհուկների ամբողջ ցեղը միասին, եւ դա էր, մի կին:

Թվում երաժշտական աշակերտներին, ովքեր հավաքված, մեկ երեկո յուրաքանչյուր շաբաթ, ստանալու է իր հրահանգներին psalmody էր katrina վան էջանշան, որ աղջիկը եւ միակ երեխան է էական հոլանդական հողագործ. Նա տասնութ տարեկան թարմ ծաղկուն էր.

Պղպեղ, որպես կիտրոն; հասունացած եւ հալման եւ վարդագույն այտուցված, որպես իր հորեղբայրներից մեկի եւ համընդհանուր ճանաչված, ոչ միայն նրա գեղեցկության համար, այլեւ նրա մեծ ակնկալիքները: նա մի փոքր կոկտեյլ էր, ինչպես կարող էր ընկալվել նույնիսկ իր հագուստով, որը հնագույն եւ ժամանակակից նորաձեւության խառնուրդ էր, քանի որ ամենից շատ պիտանի էր իր հմայքը բացելու համար: նա հագնում էր մաքուր դեղին ոսկին զարդարանք, որն իր մեծ մեծ տատը բերեց սարդամից . Չին ժամանակի գայթակղիչ ստամոքսորը եւ հետապնդելով կարճ պտտատուփը, ցույց տալով ամենաթանկարժեք ոտքը եւ կոճղը երկրում:

Ichabod կռունկն ունեցել է փափուկ եւ հիմար սիրտ դեպի սեռը. Եւ դա չպետք է զարմանա, որ շուտով գայթակղիչ աղանդը շուտով գտավ իր աչքին, առավել եւս, երբ նա այցելել էր իր հայրական տան մեջ: հին բալթուս վան տասելը կատարյալ պատկեր էր ծաղկող, բավարարված, լիբերալ սիրտ ունեցող ֆերմերի: նա հազվադեպ է, ճիշտ է, ուղարկեց իր աչքերը կամ իր մտքերը իր ֆերմայի սահմաններից դուրս: բայց այդ ամենի մեջ եղել է անկրկնելի, երջանիկ եւ լավ պայմանավորված: նա գոհ էր իր հարստությունից, բայց ոչ հպարտանալով, եւ ինքն իրեն սրբազան առատությամբ, քան ոճը, որտեղ նա ապրել էր: նրա հենարանը գտնվում էր բանկերի hudson, մեկում այդ կանաչ, ապաստանած, բերրի nooks է, որի ... Dutch ֆերմերները այնքան սիրում ձագուկ. Մի մեծ գիտնական ծառ իր լայն ճյուղերը տարածեց դրա վրա, որի ոտքը փաթաթեց մինչեւ ամենափոքր եւ քաղցր ջրի գարունը , մի բարով ձեւավորված փոքրիկ լավի մեջ. Ապա գողացան խոտի միջով, հարեւան գետնին, փաթաթելով գետնին եւ թզուկի կաղապարների մեջ: ֆերմայի կողմից դժվար էր մեծ շտեմարան, որը կարող էր ծառայել եկեղեցու համար. Որոնցից յուրաքանչյուր պատուհանն ու ճեղքվածքը կարծես թե բախվելով Ֆերմայի գանձերի հետ, առավոտից մինչեւ գիշերը ճրագը լցվում էր նրա մեջ: ուլվալս եւ մարինսները սափրագլուխ են թխկոցների մասին: եւ աղավնիների շարքեր, ոմանք, մեկ աչքով, կարծես եղանակին դիտում էին, ոմանք, իրենց թեւերի ներքո, կամ թաղված էին իրենց գագաթներով, իսկ մյուսները `այտուցված, կոկորդում եւ խոնարհվում էին իրենց դամում, վայելում էին արեւի լույսը: տանիք: խառնաշփոթ փափուկ խոզուկները խեղդում էին իրենց գրիչների խնամքի եւ առատության մեջ, որտեղից սկսեցին սովորում են, հիմա եւ հետո, խոզերի կույտերը, կարծես թե խեղդում են օդը: ձնագագաթների վիթխարի ջոկատը հարեւանությամբ լողավազանում ծիավարություն էր անում, հավաքելով դաքսի ամբողջ փոսերը. Հնդկահավերը սողոսկել էին ագարակում, եւ գվինեները թռչում էին այդ մասին, ինչպես անբարեխիղճ տնային տնտեսուհիները, իրենց զզվելի, դժգոհ լացից: ամառային դռան առաջ կանգնեցրեց շողոքորթ աքաղաղը, ամուսնու, ռազմիկի եւ նրբագեղ ջենթլմենի ոգին, ծափահարելով իր սրածայր թեւերը եւ հպարտությամբ ու սրտով ուրախանալու մեջ, երբեմն էլ ոտքերով երկիրը թափահարում, իսկ հետո առատորեն կանանց եւ երեխաների անընդհատ սոված ընտանիքին `վայելելու հարուստ լապտը, որը նա գտել էր:

Մանկավարժի բերանը ջրեց, երբ նա նայում էր շքեղ ձմեռային ուղեվույթի այս հիանալի խոստմանը: իր կախարդական մտքի աչքով, նա պատկերավոր կերպով պատկերացրեց, որ բոլոր տապակած խոզը ձգվում է իր որովայնի պուդինգով եւ իր բերանում խնձորով, աղավնիները միանգամայն հարմարավետ կարկանդակում էին անկողնում եւ խառնվում էին ընդերքի ծածկով. Սագերը լողում էին իրենց սուսերով. Եւ դաքս pairing cosily ուտեստների, ինչպես մաքուր ամուսնացածների, արժանապատիվ իրավասության սոխի սոուսով. Խոզապուխտների մեջ նա տեսավ խոզապուխտի ապագա ապակե կողմը եւ հյութալի զվարճանքի խոզապուխտը, ոչ թե հնդկահավ, այլ միանգամից տեսավ իր թեւի տակ իր գլխարկը եւ, հավանաբար, կծուծ ախորժակի մանյակ: եւ նույնիսկ պայծառ շանտիկլերը ինքն է դիմանում իր ետին, մի կողմի ճաշատեսակին, բարձրացրած կաշիներով, կարծես այդ եռամսյակն է, որն իր ուրախ ոգին դժգոհ է ապրելու ժամանակ խնդրել:

Քանի որ խռպոտ ichabod այս ամենը մտածել է , եւ երբ նա իր մեծ կանաչ աչքերը գլորում էր ճարպոտ մարգագետին հողերի վրա, ցորենի, ցորենի, հնդկացորենի եւ հնդկական եգիպտացորենի հարուստ դաշտերը եւ ծառի պտուղներով ծածկված այգիներ, որոնք շրջապատեցին ջերմ վան թասելի բնակարանը, նրա սիրտը սպասում էր այն դուստրերից ժառանգելուց հետո, եւ նրա երեւակայությունը ընդարձակվեց այն գաղափարի հետ, թե ինչպես կարող են դրանք հեշտությամբ վերածվել դրամական միջոցների, եւ գումարը ներդրվել է վայրի հողատարածքների իսկայական տրակտների մեջ եւ անապատը: ոչ, նրա զբաղված հմայքը արդեն հասկացել է իր հույսերը եւ նրան ներկայացրել է ծաղկուն կաթրինան , ամբողջ ընտանիքի ընտանիքով, տեղադրվելով կենցաղային ծանրաբեռնված բեռնատարի գագաթին, ներքեւում կանգնած կաթսաներով եւ խորովածներով; եւ նա տեսավ իրեն bestriding է pacing mare, մի քուռակ իր կրունկներ, ընդլայնված դուրս կենտուկի, թենեսի, -or որ տէրն ինքը գիտի, որտեղ!

Երբ նա մտավ տուն, նրա սրտի հաղթանակն ավարտվեց: այն իսկայական ֆերմերային տնտեսություններից մեկն էր, առաջին հոլանդացի բնակիչներից ստացված ոճով կառուցված բարձրորակ, բայց ցածր անկման տանիքներով . Ցածր նախագիծը, որը ձեւավորում է ճակատի երկայնքով, որը կարող է փակվել վատ եղանակին: ներքեւում կախված էին կախիչներ, զարդարանք, զանազան զարդեր եւ հարեւան գետում ձկնորսության ցանցեր: ամառային օգտագործման կողմերում երկկողմանի նստարաններ են կառուցվել, եւ մի ծայրով մի մեծ պտտվող անիվ, մյուս կողմից, խառնաշփոթը ցույց տվեց այն տարբեր օգտագործման համար, որին այս կարեւոր դարպասը կարող է նվիրված լինել: այս պիազայից զարմանալով ներբաբը մտավ դահլիճ, որը ձեւավորեց բնակության կենտրոնը եւ սովորական բնակավայրը: այստեղ երկար փափկեցնող տաղավարների շարքերում, զարմացած աչքերին: մեկ անկյունում կանգնած էր բուրդ հսկայական պայուսակ, որը պատրաստ էր պտտվել. Մյուսում, մի շարք linsey-woolsey հենց սալերից: հնդկական եգիպտացորենի ականջները եւ չորացրած խնձորի եւ դեղձի տողերը, կախված են գեյ ֆեստոյի պատերին, որոնք խառնվում են կարմիր պղպեղի գագաթով: եւ մի դռան մնում էր տարանջատել նրան, որպեսզի նա նայեր դեպի լավագույն սրահը, որտեղ ծակոտկենաթաթված աթոռները եւ մութ ծաղիկների սեղանները նման էին հայելու: անդրոնները, նրանց ուղեկցող թիակով եւ խարիսխներով, փայլում էին ծնեբեկային գագաթներով իրենց գաղտնի ծածկոցներից. Ծաղրածու-նարնջագույն եւ խճաքարախաղեր, վերեւում կասեցվել են տարբեր գունավոր թռչունների ձողեր: մի մեծ ջայլամ ձու կախված է սենյակի կենտրոնից , եւ անկյունային բուխարով, գիտակցաբար բաց թողեց, դրսեւորեց հին արծաթե եւ խնամված չինական հսկայական գանձեր:

Իբրեւ ներկաբողը դրեց իր աչքերը այդ ուրախության շրջաններում, նրա մտքի խաղաղությունը վերջացավ, եւ նրա միակ ուսումնասիրությունը այն էր, թե ինչպես ձեռք բերեր վան տասելի անզուգական դստերը: այս ձեռնարկությունում, սակայն, նա ավելի իրական դժվարություններ ունեցավ, քան ընդհանուր առմամբ ընկել էր հեթանոսների հերոսին, որը հազվադեպ էր ունեցել հսկաներից, զավթիչներից, կրակոտ դիցաբաններից եւ նման հեշտությամբ նվաճված հակառակորդներից, պայքարելու եւ ստիպված իր ճանապարհը դարձնում է երկաթե եւ պղինձների դարպասների միջով, եւ ամրոցի դարպասի պատերը պահպանվում են, որտեղ նրա սրտի տիկինը սահմանափակված է: ամեն ինչը նա հասել, ինչպես հեշտությամբ, ինչպես մի մարդ, որ քանդակել է իր ճանապարհը դեպի կենտրոնում a christmas կարկանդակ. Եւ ապա տիկին նրան ձեռքը տվեց որպես առարկա: ichabod , ընդհակառակը, ստիպված էր հաղթահարել իր ճանապարհը դեպի երկրի մի կոկտեյթ , որը կախված է լաբիրինթոսում քմահաճույքների եւ caprices, որոնք ընդմիշտ ներկայացնում էին նոր դժվարություններ եւ խոչընդոտներ, եւ նա ստիպված էր դիմակայել իրական մարմնի եւ արյան մի շարք վախի հակառակորդներին, բազմաթիվ գորշ երկրպագուներին, որոնք սրտում ամեն պորտալն են պահում, միմյանց վրա պահելով զգոն եւ զայրացած աչքեր, բայց պատրաստ են թռչել ընդհանուր գործով ցանկացած նոր մրցակից:

Դրանցից, առավել ահարկու էր հաղթանդամ, մռնչյուն, roystering բերան, անունով աբրահամի, կամ, ըստ dutch հապավումով, բրոմ վան նրբանկատություն, հերոս է երկրի կլոր, որը հնչեց իր սխրանքների ուժով եւ քաջություն: նա լայնածավալ եւ կրկնակի համակցված էր, կարճ գանգուր սեւ մազերով եւ բլեֆով, բայց ոչ տհաճ դեմքով, զվարճալի եւ ամբարտավանությամբ խառնված օդ: իր հերկուլյան շրջանակից եւ վերջույթների մեծ ուժերից, նա ստացել է բրոնզե ոսկորների մականունը , որի միջոցով նա հայտնի էր: նա մեծ ճանաչում ու հմտություն էր տիրում ձիասպորտի մեջ, դահիճում որպես ճարպիկ դաջվածք: նա նախեւառաջ բոլոր ցեղերի եւ աքաղաղների դեմ պայքարում էր. Եւ, որ մարմնական ուժը միշտ ձեռք է բերում գեղջուկ կյանքի մեջ, բոլոր վեճերում արդարություն էր, գլխարկը մի կողմ դրեց եւ իր որոշումները տալով օդի եւ տոնով, որը չի ընդունվել ոչ մի բողոք կամ բողոք: նա միշտ պատրաստ էր պայքարելու կամ կռվի: բայց ավելի շատ չարիք է ունեցել, քան իր անբարոյական ցանկությունը: եւ նրա բոլոր գայթակղիչ կոշտությամբ, ներքեւում ցնցող լավ հումորի ուժեղ նետվեց: նա ունեցել է երեք կամ չորս բարերար ուղեկիցներ, որոնք նրան համարում էին իրենց մոդելը, եւ նրա գլխում, որը նա scoured է երկիրը, հաճախում է ամեն տեսարժան վայրի թշնամանքի կամ հաճույքի համար մղոն շրջանի. Ցուրտ եղանակին նա տարբերվում էր մորթե կափարիչով, գերազանցելով աղվեսի պոչը: եւ երբ մի երկրում հավաքվում էին մարդիկ, հեռավորության վրա գտնվող այս նշանավոր շերտը նկարագրելով, ծանր մարտահրավերների թիմի մեջ ցնցում էին, նրանք միշտ կանգ առան մի գլխարկով: երբեմն նրա անձնակազմը կլսի կեսգիշերին ֆերմերային տնտեսությունների հետ միասին, ինչպես նաեւ կախարդ ու դահլիճ, ինչպես դոն կազակների մի խումբ , եւ հին dames, եկանք դուրս իրենց քնից, չէր լսել մի պահ, մինչեւ վազվզուք էր clattered կողմից, եւ ապա բացականչել, «այ, այնտեղ գնում բրոմ ոսկորները եւ նրա խմբավորման» հարեւանները նրան նայեցին վախից, հիացմունքից եւ բարի ցանկությունից. Եւ, երբ որեւէ խենթ կատակ կամ գեղջուկ ծեծկռտուք է տեղի ունեցել մոտակայքում, միշտ սեղմեց նրանց գլուխները, եւ երաշխավորված brom ոսկորները էր ներքեւի մասում դրա:

Այս rantipole հերոսը ստիպված է որոշ ժամանակ առանձնացնում է blooming կատրինա օբյեկտի իր անքաղաքավարի gallantries, եւ չնայած նրա սիրահար toyings էին, որ նման բան նուրբ գուրգուրանքներից գուրգուրանքների մի արջի, սակայն այն 22նջաց, որ նա չի ընդհանրապես հուսալքել իր հույսեր. Որոշակի է, նրա առաջընթացը ազդանշան է եղել մրցակից թեկնածուների թոշակի անցնելու համար, ովքեր զգացին իր առջեւ առյուծը հատելու ոչ մի ձգտում, այնուամենայնիվ, երբ նրա ձին տեսել էր վան տասսելի գագաթը, կիրակի երեկոյան, միանշանակ նշան, որ իր վարպետը դիմում էր կամ, ինչպես որ կոչվում էր «փչացող», հուսահատության մեջ անցած բոլոր այլ գործիչների մեջ, եւ պատերազմը տեղափոխեց այլ շրջաններ:

Նման էր թշնամական մրցակից, որի հետ ichabod կռունկ էր ստիպված պայքարել, եւ, հաշվի առնելով բոլոր բաները, stouter մարդ, քան նա կկորցնի մրցակցությունից, եւ խելամիտ մարդը պետք է desperated. Նա, սակայն, իր բնույթով հաստատակամության եւ հաստատակամության երջանիկ խառնուրդ է ունեցել. Նա ձեւի եւ ոգու մեջ էր, ինչպես ճկուն, քան զիջող, բայց կոշտ: չնայած նա թեքեց, երբեք չի կոտրել. Եւ թեեւ նա խոնարհվեց փոքրագույն ճնշման ներքո, սակայն, այն պահին, երբ այն հեռացավ.

Դաշտը բացահայտորեն դուրս բերելու համար նրա մրցակիցը խենթություն կլիներ: քանի որ նա ոչ թե մարդ էր, որ խորտակվել էր իր ամուրի մեջ, ոչ էլ այդ բուռն սիրուհին, ախիլները : ichabod , հետեւաբար, կատարել է իր առաջընթացը հանգիստ եւ նրբորեն insinuating ձեւով. Երգչախմբի բնավորության ծածկույթի տակ, նա հաճախակի այցելում էր ֆերմայում. Ոչ թե որեւիցե բան չէր հասկանում ծնողների միջամտության միջամտությունից, որն այնքան հաճախ գայթակղիչ բլոկ է սիրահարների ճանապարհին: balt van tassel շատ հեշտ էր հոգին: նա սիրում էր իր դստերը ավելի լավը, քան իր խողովակը, եւ ինչպես ողջամիտ մարդը եւ հիանալի հայրը, թույլ տվեց, որ նա իր ճանապարհին ունի ամեն ինչում: նրա նշանավոր փոքրիկ կինը եւս բավական էր, որ իր տնային տնտեսությանը մասնակցի եւ իր թռչնաբուծությունը կառավարելու համար. Քանի որ նա sagely նկատել, ducks եւ սագեր են հիմար բաներ, եւ պետք է նայենք, բայց աղջիկները կարող են հոգ տանել իրենց մասին: այդպիսով, մինչդեռ զբաղված դամը փչում էր տան մասին կամ պտտվում էր իր սկավառակը, պիացայի մի եզրին, ազնիվ բալթը նստած էր իր երեկոյան խողովակի մյուս կողմում , դիտելով մի փոքրիկ փայտե մարտիկի ձեռքբերումները, ձեռքի սուրը ամեն ձեռքում էր, ամենահամարձակորեն պայքարում էր գոմի գագաթին քամու դեմ պայքարում: միեւնույն ժամանակ, ichabod կշարունակի իր հայցի հետ դստեր կողմից կողմում գարնանը տակ մեծ elm, կամ sauntering երկայնքով մթնշաղին, այդ ժամին, որպեսզի բարենպաստ է սիրահարների ճարտասանություն.

Ես դավանում եմ չգիտեմ, թե ինչպես են կանանց սրտերը wooed եւ հաղթել: ինձ համար նրանք միշտ եղել են հանելուկ եւ հիացմունք: ոմանք կարծես թե ունեն մեկ խոցելի կետ կամ մուտքի դուռը, իսկ մյուսները ունեն հազար ուղի, եւ կարող են գրավել հազար տարբեր ձեւերով: դա հսկայական հաղթանակ է, որ ձեռք բերի նախկինին, բայց վերջինս ավելի մեծ ապացույց է պահում վերջինիս ունեցվածքը պահպանելու համար, քանի որ յուրաքանչյուր դռան եւ պատուհանի համար մարդը պետք է պայքարի իր բերդի համար: նա, ով հաղթում է հազարավոր ընդհանուր սրտերում , այդ իսկ պատճառով որոշակի ճանաչված իրավունք ունի. Բայց նա, ով անխտիր պահում է կոխկտի սրտի վրա, իսկապես հերոս է: վստահ է, որ այս դեպքը չէր, որ ահեղ brom ոսկորների; եւ այն պահից, ichabod կռունկը կազմել իր կանխավճարների, շահերը նախկին ակներեւաբար, նվազել. Նրա ձին չէր այլեւս տեսել կապված է palings կիրակի գիշեր, եւ մահացու թշնամություն աստիճանաբար առաջացել նրա եւ preceptor մասին sleepy hollow:

Բրոմը , որը իր բնույթով կոպտորեն խառնաշփոթ էր ունենում, կպահանջեր, որ պատերազմներ սկսի, որպեսզի պատերազմ սկսեն եւ իրենց հավակնությունները վերադառնան տիկին, ըստ այդ ամենի հակիրճ եւ պարզ մտածողների ռեժիմի, հանկարծակիի ասպետների, միայնակ պայքարով. Բայց ներքինաբաղը չափազանց գիտակցում էր իր հակառակորդի գերազանց ուժի մասին իր ցուցակների մեջ մտնելը. Նա լսեց ոսկորների պարծանքը, որ նա «կրկնապատկեց դպրոցի ուսուցիչը եւ դարձրեց իր դպրոցական սայլը»: եւ նա չափազանց զգուշացավ նրան հնարավորություն տալ: այս խստորեն խաղաղարար համակարգում չափազանց հրահրող բան կար. Այն մնացել բրոմ այլընտրանք չունի, բայց մոտենալ միջոցներով գեղջուկ waggery իր տնօրինության ներքո եւ իր մրցակիցի վրա խաղալու փափուկ գործնական կատակներ: ichabod դարձավ թշնամական հետապնդման օբյեկտ ոսկորների եւ իր խմբավորման կոպիտ riders. Նրանք զրկեցին իր խաղաղ դոմեններից: ծխելուց հետո իր երգող դպրոցը ծխեց. Գիշերը կոտրել է դպրոցը, չնայած իր ծանր ու պատուհանագլուխների հսկայական ամրակցություններին եւ ամեն ինչ արմատախիլ արեց, որպեսզի աղքատ դպրոցականները սկսեին մտածել այնտեղ գտնվող բոլոր վհուկների մասին: բայց այն, ինչ եղել է դեռ շատ ավելի annoying, brom վերցրեց բոլոր հնարավորությունները դարձնելով նրան ծաղրի ներկայությամբ իր սիրուհի, եւ ունեցել է մի սրիկա, շուն, որին նա ուսուցանել էր նվնվոց է առավել անհեթեթ ձեւով, եւ ներկայացվել է որպես մրցակիցը ichabod ականներին , ուսուցանելու նրան սաղմոսեդիայում:

Այսպես, որոշ դեպքերում հարցերը շարունակվում են, առանց որեւէ նյութական ազդեցության, հակառակորդ իշխանությունների համեմատական իրավիճակների վրա: բարի օրվա երկրորդ կեսօրին, ichabod- ում , խորամանկ տրամադրությամբ, նստեց նստած բարձրադիր աթոռին, որտեղից սովորաբար հետեւում էր իր փոքրիկ գրականության բոլոր մտահոգություններին: ձեռքում նա սեղմեց ֆարուլա, գերիշխող իշխանության գավազանը , արդարադատության պտուղը վերագրվում էր գահի ետեւում գտնվող երեք եղունգների վրա, անընդմեջ ահաբեկիչներին ահաբեկելու համար, մինչդեռ նրա գրասեղանի վրա կարելի է տեսնել մի շարք մաքսանենգ ապրանքներ եւ արգելված զենքեր, որոնք հայտնաբերվել են անգործուն քրտինքների, փրփրուններ, փրիրգիգներ, տիեզերքուղիներ եւ լայնածավալ լեգեոններ, որոնք իսկայական փոքրիկ թղթի գամեկոկներ են: ըստ երեւույթին վերջին ժամանակներս եղել է որոշակի սարսափելի արդարադատություն, քանի որ նրա գիտնականները բոլորն էլ ձգտում էին իրենց գրքերին, կամ էլ խոնարհաբար հետեւում էին նրանց, ովքեր հետեւում էին վարպետի վրա պահված մի աչքով: եւ մի սքանչելի հանգստություն, որը թագավորեց ամբողջ դպրոցում: այն հանկարծ ընդհատվել է նեգրոյի տեսքից , որը ներքնազգեստի բաճկոնով եւ trowsers- ի գլխարկի կլոր պսակված հատվածն էր, ինչպես, օրինակ, սնդիկի գլխարկը եւ տեղադրված է կեղտոտ, վայրի կեսը կոտրված գավազանով: նա դաշույնով հաջողվեց պարանով: նա եկավ կոկորդիլոս մինչեւ դպրոցական դուռը, ichabod հրավերի հետ մասնակցելու երեկոյին կամ «կախարդական շողոքորթմանը», որը տեղի է ունենալու այդ երեկո կայսր վան տասսելում. Եւ իր ուղերձը կարեւոր նշանակություն ունեցող օդակով եւ ջանք գործադրելով նուրբ լեզվով, որը նեգրն է, որը նմանօրինակ փոքր դեսպանատների վրա ցույց է տալիս, նա ճզմում է գետնին եւ տեսնում է, եւ շտապել իր առաքելությունից:

Բոլորն այժմ հանգիստ եւ հանգիստ էին հանգիստ լսարանում: գիտնականները շտապում էին իրենց դասերից, չսպասելով անհեթեթություններով. Նրանք, ովքեր ճարպակալված էին կեսից ավելի անպատիժությամբ, եւ նրանք, ովքեր ուշացած էին, խելացի ծրագիր են ունեցել, իսկ հետո, թիկունքում, արագացնելու իրենց արագությունը կամ օգնում նրանց բարձրավանդակի վրա: գրքերը մի կողմ քաշվեցին, առանց դանակների վրա չմնալու, թանաքների հեղեղները տապալվեցին, նստարանները նետվեցին, եւ ամբողջ դպրոցը բաց էր թողնում սովորական ժամանակից մի ժամ առաջ, ինչպես պտտվելով երիտասարդ դագաղի լեգեոնի պես ` ուրախություն նրանց վաղ ազատման մեջ:

Բուռն ichabod- ը հիմա ավելացրել է իր լրացուցիչ կես ժամը իր զուգարանում, խոզանակով եւ մաքրել իր լավագույնը, եւ, իրոք, միայն ժանգոտ սեւի կոստյում եւ նրա կողպեքները մի փոքր կոտրված ապակու կափարիչով, որը կախված է դպրոցից: որ նա կարող է իր արտաքնապես ներկայացնել իր սիրուհիին հովիվի իսկական ոճով, նա ծի է վերցրել հողագործից, որի հետ նա բնակվել էր, հանս վան ռիփերի անունով խոլեր հին հոլանդացի, ինչպես արկածախնդրության որոնման ասպետի նման: բայց դա հանդիպում է, ես պետք է, ռոմանտիկ պատմության իսկական ոգով, հաշվի եւ սարքերի մասին հաշիվ տա իմ հերոսի եւ նրա փայլի մասին: անասունները, որ նա բռնում էր, կոտրված ցածր հեծանիվ էր, որը գրեթե ամեն ինչից դուրս էր եկել, բայց անբարոյականությունը: նա եղել է նիհար ու թրաշած, հետ է ewe պարանոցի, եւ գլխին նման ամբարձից. Նրա ժանգոտ մանե եւ պոչը խառնաշփոթ էին եւ շաղախված էին բյուրեղներով: մեկ աչք կորցրեց իր աշակերտը եւ շողշողաց եւ սպեկտր էր, իսկ մյուսը, իր իսկական սատանայի փայլը: Նա դեռ պետք է կրակ ու բեղմնավորված իր օրերում, եթե մենք կարողանանք դատել այն անունից, որը նա վառոդ էր վաստակել: նա, իրոք, եղել է իր տերը, որը խանդավառ վան ռեփեր էր, որը վրդովված հեծանվորդ էր, եւ, հավանաբար, իր ոգու մի մասը կենդանու մեջ ներխուժեց. Որովհետեւ հին ու կոտրված էր, երբ նա նայեց, նրա մեջ ավելի շատ թալանող սատանան էր, քան երկրի որեւէ ծառի մեջ:

Ichabod- ը նմանատիպ գործիչ էր: նա ձգեց կարճ սպիրտներով, որն իր ծնկները հասցրեց գրեթե մինչեւ թամբի պոմպը. Նրա սուր անկյունները խառնվում էին մորեխների նման »; նա իր ձեռքը քաշեց իր ձեռքում, ինչպես գավազանով , եւ ինչպես ձին ձգեց, իր ձեռքերից շարժումը չէր տարբերվում մի քանի թեւերի ճիչից: մի փոքր բուրդ գլխարկ հագեցած էր քթի գագաթին, քանի որ նրա ճակատի գլխիկի շերտը կարող էր կոչվել, եւ նրա սեւ բաճկոնի պոռնիկները գրեթե ձիերի պոչը փռվեցին: նման էր ichabod- ի եւ նրա փայտի տեսքը, քանի որ նրանք խորտակվել էին hans van ripper- ի դարպասից եւ ընդհանրապես նման տեսարան էր, որը հազվադեպ է հանդիպել լայն օրվա ընթացքում:

Այն էր, քանի որ ես ասել եմ, մի տուգանք աշնանային օր. Երկինքը հստակ ու հանգիստ էր, եւ բնությունը հագնում էր հարուստ եւ ոսկեգույն շղարշը, որը մենք միշտ կապում ենք առատության գաղափարի հետ: անտառները դրել էին իրենց սուր շագանակագույն եւ դեղին, իսկ նրբաթիթեղի ծառերը նարնջագույն էին, նարնջագույն, մանուշակագույն եւ կարմիր գունավոր ներկերի մեջ: վայրի դաքսի հոսքային Ֆայլերը սկսեցին իրենց տեսքը բարձրացնել օդում. Սկյուռի աղմուկը կարող է լսվել փայծաղի եւ խարիսխի ընկույզներից եւ բրնձի բռունցքների սուլոցներից, հարեւան սաղավարտի դաշտերից:

Փոքր թռչունները իրենց հրաժեշտի ճաշկերույթները վերցնում էին: իրենց զվարճանքի լրիվությամբ, նրանք fluttered, ճչացող եւ frolicking է թփուտ է թփուտ, եւ ծառ է ծառի, գայթակղվում է շատ բարեկեցության եւ բազմազանություն նրանց շուրջ. Կարմրավուն կոկորդի ռոբին էր, սպորտսմենների սիրելի խաղ, իր բարձրաձայն նրբագեղ նոթերով. Եւ ստրուկ ամպերի մեջ թռչող թռչող թութակները. Եւ ոսկե-winged փայտփորիկ իր բոսորագույն ամբարտավանություն, նրա լայն սեւ վզնոց եւ շքեղ փետուրներ. Եւ մայրու թռչուն, իր red- tipt թեւերի եւ դեղին tipt պոչը եւ իր փոքրիկ monteiro փետուրների գլխարկ; եւ կապույտ ջեյը, որ աղմկոտ կովկոմբը, իր գեյ-լույսի կապույտ գույնի եւ սպիտակ ներքնազգեստի մեջ, գոռում եւ շողշողում, գլուխկոտրում եւ խարսխում եւ հորինում, եւ հավակնում է լավ պայմաններով, յուրաքանչյուր գետի երգչի հետ:

Ինչպես ichabod դանդաղ իր ճանապարհը, իր աչքը, երբեք բաց է բոլոր ախտանիշը խոհարարական առատությամբ, սկսեց զվարճալի է գանձերի վրա jolly աշնանը. Բոլոր կողմերից նա խնձորի մեծ տեսք ունի: ոմանք կախված են ծառերի վրա ճնշող հարստությունից. Ոմանք հավաքվել էին զամբյուղներում եւ բարել շուկայում: մյուսները , խնձորի սեղանի համար հարուստ կույտերում: հեռու նա տեսնէի մեծ ոլորտներ հնդկական եգիպտացորեն, իր ոսկե ականջներով, փաթաթող ծածկոցներից, եւ տորթերի ու շտապ պուդինգի խոստումը: եւ նրանց տակ ընկած դեղին դդումները, վերածելով իրենց արդար փաթաթանները, արեւի տակ, եւ տալով առավել շքեղ կարկանդակի լայն հեռանկարներ, եւ նա անցել է անուշահոտ հնդկացորենի դաշտերը, որոնք շնչում են փեթակին, եւ երբ նա տեսավ նրանց, փափուկ նախօրինանքները գողացան նրա միտքը, որը շողոքորթված էր, լավ յուղով եւ մեղրով կամ մանրուքով զարդարված, կատաղի վան տասել:

Այսպիսով, իր մտքի միտքը շատ քաղցր մտքերով եւ «շաքարած ենթադրություններով», նա ճամփորդում է մի շարք բլուրների եզրերին, որոնք նայում են հզոր հադսոնի ամենաարեւելի տեսարաններից : արեւը աստիճանաբար գլանաձեւ լայն սկավառակի մեջ ընկավ արեւմուտք: լայն ծոցը է tappan zee- ն անշարժ եւ թափանցիկ էր դնում, բացառությամբ, որ այստեղ եւ այնտեղ մեղմ նրբություն է լցված եւ հեռավոր լեռների կապույտ ստվերը երկարաձգվում է: մի քանի ամբարտավան ամպերը երկնքում էին, առանց օդի շունչը տեղափոխելու: հորիզոնը լավ ոսկե երանգ էր, աստիճանաբար փոխելով մաքուր խնձորի կանաչ, եւ դրանից դեպի երկնքի միջին երկնքի խորքերը: գետի մի հատվածները փաթաթված փայտային ծառերի վրա, որոնք ավելի մեծ խորություն են տալիս մութ մոխրագույն եւ մանուշակագույնին իրենց ժայռոտ կողմերից: մի սողոդը հեռանում էր, ձգձգելով դանդաղ իջնելով, նրա նավարկությունը անօգուտ կախված էր դագաղից. Եւ քանի որ երկնքի արտացոլումը կարծրացած ջրով էր փայլում, թվում էր, թե նավը օդում կասեցվել է:

Այն երեկո էր, որ ichabod ժամանեց ամրոցը heer van tassel, որը նա գտել է հնձել հպարտության եւ ծաղիկ հարեւան երկրի. Հին Ֆերմերները, կաշվե կաշվե առջեւի ցեղը, տանիքի բաճկոնների եւ բաճկոնների, կապույտ ծաղկեփնջերը, հսկայական կոշիկները եւ հոյակապ փայտե շերեփներ: Նրանց շողշողացող, փչացած փոքրիկ դամբերը, շղթաներով ծածկված գլխարկներով, կարճ կարճ զգեստներով, տնակային պիկնիկներ, մկրատով եւ շնչափողներով, իսկ դրսի վրա կախված գեյզաքարերի գրպանները: բուսական լազերներ, որոնք գրեթե հնացած էին իրենց մայրերին, բացառությամբ այն դեպքերի, երբ ծղոտե գլխարկը, նուրբ ժապավենը, կամ, գուցե, սպիտակ գույնը, քաղաքային նորարարությունների ախտանիշներ տվեց: որդիները կարճ քառակուսի շերտավոր կոստյումներով, հսկայական փողային կոճակների շարքերով, եւ նրանց մազերը, ընդհանուր առմամբ, հերթում էին ժամանակի նորաձեւության մեջ, հատկապես, եթե նրանք կարողանային ձեռք բերել մոխրագույն մաշկ, նպաստելու համար ամբողջ երկրում ուժեղ սնուցող եւ մազերի ուժեղացուցիչ:

Brom ոսկորները, սակայն, եղել է դեպքի վայրի հերոսը, հավաքվելով իր սիրելի շողոքորթ դեեդեվիլին, իր նման մի արարածի, լիարժեք խառնաշփոթ եւ չարիքի, եւ որը ոչ այլ ոք չէր կարողանում կառավարել: նա, ըստ էության, նշում էր արատավոր կենդանիների նախասիրությունները, որոնք տրվել էին բոլոր տեսակի հնարքներին, որոնք վտանգի տակ էին պահում հեծյալը մշտական վտանգի տակ, քանի որ նա վարժեցված, լավ կոտրված ձի է պահում, որպես անարժան հոգի զավակ:

Ես կսպասեմ կանգ առնելու իմ հերոսի ոգեշնչված հայացքների վրա, երբ նա մտավ վան տասելի տան պետական սրահ: այլ ոչ թե շքեղ ճառագայթների բույրը, նրանց կարմիր եւ սպիտակ շքեղ ցուցադրությամբ. Բայց հագեցած հոլանդական թեյի սեղանի հոյակապ հմայքը , աշնան շքեղ ժամանակահատվածում: նման heaped մինչեւ platters տորթերի տարբեր ու գրեթե աննկարագրելի տեսակի, որը հայտնի է միայն փորձառու ... Dutch տնային տնտեսուհիների! Կար արի բլիթ, որ մրցույթը oly koek , եւ փխրուն եւ փխրուն cruller; քաղցր տորթեր եւ կարճ տորթեր, գինու տորթեր եւ մեղր տորթեր եւ տորթերի ամբողջ ընտանիքը: եւ այնտեղ եղել են խնձորի կարկանդակ, դեղձի կարկանդակ եւ դդումի կարկանդակ, բացի խոզապուխտից եւ ապխտած տավարի կտորներից: ինչպես նաեւ պահպանված սալորների, դեղձի եւ տանձի եւ քաղցրավենիների հիանալի ուտեստներ: չնկատել չաղացած շան եւ աղացած հավեր: կաթն ու սերուցքների հետ միասին, խառնաշփոթ, խառնաշփոթ, շատերը, ինչպես ես թվարկել եմ նրանց հետ, մայրիկի թեյի փոշիով փոշոտի ամպերը ուղարկում են երկնքի միջից, օրհնելու համար: ես ուզում եմ շունչ ու ժամանակ քննարկել այս բանկետը, որը արժանի է, եւ ես շատ եմ ցանկանում իմ պատմությունը ստանալ: ուրախ, ichabod կռունկը այնքան մեծ չէր շտապում, որքան իր պատմաբանը, բայց արդարացիորեն արդարացրեց ամեն մի երջանկություն:

Նա բարի եւ շնորհակալ արարած էր, որի սիրտը համաչափ էր, քանի որ նրա մաշկը լցվել էր լավ ուրախությամբ, եւ նրա հոգին բարձրանում էր ուտում, քանի որ որոշ տղամարդիկ խմում էին: նա չէր կարող օգնել նաեւ իր աչքերը խառնել իր շուրջը, երբ նա ուտում էր եւ կախված էր այն բանի համար, որ նա կարող էր մի օր ամբողջ այս տեսարանին տիրապետել գրեթե աներեւակայելի շքեղությամբ եւ շքեղությամբ: ապա նա մտածեց, թե որքան ժամանակ է անցել իր ետին հին դպրոցում: իր մատները կտրում է hans van ripper- ի եւ բոլոր այլ նողկալի հովանավորի եւ ճամփորդող ցանկացած մանկավարժի դռներից դուրս, որը պետք է համարձակվի զանգահարել նրան:

Հին բալթուս վան տասսելը իր հյուրերի շրջանում տեղափոխվեց բովանդակությամբ եւ լավ հումորով լեցուն դեմքով, շրջապատված եւ ճոխ, ինչպես բերքի լուսինը: Նրա հյուրասիրության ուշադրությունը կարճ էր, բայց արտահայտիչ էր, սահմանափակվելով ձեռքի ցնցմամբ, ուսի վրա ապտակով, բարձրաձայն ծիծաղով եւ հրատապ հրավերով, «ընկնում եւ օգնում»:

Եւ այժմ ընդհանուր պարիսպից, կամ դահլիճից երաժշտության ձայնը, կոչվում է պար: երաժիշտը հին գորշ գլխավորած նեգրոն էր, որը ավելի քան կես դար առաջ եղել էր հարեւանության զբոսանքի նվագախումբը: Նրա գործիքը, որպես հին եւ ծանր, ինքն իրեն էր: ժամանակի մեծ մասը, որը գրել էր երկու կամ երեք տողերի վրա, ուղեկցում էր գլուխը շարժման մեջ գտնվող յուրաքանչյուր շարժումը, գրեթե գետնին գցելով եւ ոտքով կնքելով, երբ նոր զույգը պետք է սկսեր:

Ichabod- ը հպարտանում էր իր պարարվեստի վրա, որքան նրա վոկալ ուժերի վրա: ոչ մի թեքություն, նրա մասին մանրաթել չէր պարապ: եւ տեսնելով, որ նա անխնա կախված շրջանակն է ամբողջությամբ շարժման մեջ եւ կողք կողքի սենյակում, դու մտածում ես : վիտուզի ինքն իրեն պարերի օրհնված հովանավորը, նախապես նկարել էր ձեզ անձամբ: նա բոլոր նենգերի հիացմունքն էր. Ովքեր հավաքվել էին բոլոր տարիքի եւ չափերից, Ֆերմայում եւ հարեւանությամբ, կանգնած էին դռների ու պատուհանների մեջ, պայծառ սեւ դեմքի բուրգ ձեւավորելով, տեսարանով ուրախանալով, սպիտակ փամփուշտներ գլորելով եւ ցույց տվեցին փղոսկրի գարշելի շարքեր ականջից մինչեւ ականջ: ինչպես կարող էր կոկտեյլների բռնիչը այլ կերպ լինել, քան անիմացիոն եւ ուրախ: Նրա սրտի տիկին իր պարծանքն էր պարում եւ ժպտում էր իր բոլոր սիրելի oglings- ին , իսկ բրոմ ոսկորների, դառնորեն համակված սիրով ու նախանձով, նստեց brooding իր կողմից մի անկյունում:

Երբ պարը վերջացել էր , ichabod- ը ներգրավված էր մի շարք մարդկանց, ովքեր հին վան տասելով ծխում էին պիազայի մի ծայրում, նախկինում բամբասում էին եւ երկար պատմություններ պատմում պատերազմի մասին:

Այս թաղամասը, այն ժամանակ, երբ ես խոսում եմ, եղել է այն բարձրակարգ նպաստավոր վայրերից մեկը, որը հարուստ է քրոնիկ եւ մեծ տղամարդկանց հետ: պատերազմի ժամանակ բրիտանացի եւ ամերիկացի գիծը մոտ էր այնտեղ. Հետեւաբար, այն եղել է մզկիթի եւ փախստականների, կովբոյների եւ սահմանային հպարտության բոլոր տեսակների բորբոքում: ընդամենը բավական ժամանակ է անցել, որպեսզի յուրաքանչյուր պատմող իր հեքիաթը մի քիչ գեղարվեստական դառնա, իսկ իր հիշողությունների անորոշության մեջ `ամեն շահագործման հերոս դառնալու համար:

Կար պատմություն է doffue martling , մեծ կապույտ-bearded հոլանդացի, ով գրեթե վերցրել british ֆրեգատը հին երկաթե ինը կշռվողի մի կեղտոտ breastwork, միայն, որ հրացանը պայթել է վեցերորդ կատարողականը: եւ մի հին պարոն, որը պետք է անանուն լինի, չափազանց հարուստ լինելով, թեթեւակի հիշատակվում է, որ սպիտակ հարթավայրերի ճակատամարտում, որպես գերազանց վարպետ պաշտպան , փայլեցրեց մի միրգ-գնդակի փոքրիկ սուրով, այնուամենայնիվ, բացարձակապես զգաց, որ բրինձը կախված է վերեւից եւ նայեց դեպի վերը: որի ապացույցը նա պատրաստ էր ցանկացած պահի ցույց տալ, որ սուրը, մի փոքր թեքում էր: մի քանիսը, որոնք հավասարապես մեծ էին դաշտում, ոչ թե մեկը, այլ համոզված էր, որ նա զգալի ձեռք է բերել պատերազմը երջանիկ դադարեցնելու համար:

Բայց այդ ամենը ոչինչ չէր երեւում ուրվականների եւ երեւակայությունների հեքիաթներին: հարեւանությունը հարուստ է լեգենդար գանձերով: տեղական հեքիաթներն ու սնահավատությունը բարգավաճում են այս ապաստանած, երկարատեւ բնակեցված նախանջներում. Սակայն ոտքով ոտնահարվում են անցողիկ գմբեթը, որը կազմում է մեր երկրի մեծ մասի բնակչությունը: բացի դրանից, մեր գյուղերի մեծ մասում ուրվականների համար քաջալերանք չկա, քանի որ նրանք հազվադեպ են ժամանակն ավարտելու իրենց առաջին ճարպը եւ վերածվում են իրենց գերեզմաններում, մինչ նրանց գոյատեւող ընկերները հեռացել են հարեւանությունից: այնպես, որ երբ նրանք դուրս գան գիշերով իրենց շրջագայով քայլելիս, նրանք ծանոթ չեն, որ կանչեն: սա թերեւս պատճառն է, որ մենք հազվադեպ ենք լսել ուրվականների մասին, բացի մեր երկարատեւ հոլանդական համայնքներից:

Անմիջական պատճառը, սակայն, այս մասերի գերբնական պատմությունների գերակշռությունը, անկասկած, պայմանավորված էր քնկոտ խոռոչի հարեւանությամբ: որ օդն աղտոտում էր, որ պայթեց այդ շրջապատող տարածքը: այն շնչեց բոլոր երազանքների ու մտքերի մթնոլորտը, տարածելով բոլոր հողերը: մի քանի քնկոտ խոռոչի մարդիկ ներկա էին վան տասելին, եւ, ինչպես սովորաբար, թափահարում էին իրենց վայրի եւ հրաշալի լեգենդները: շատ աղավաղված հեքիաթներ պատմեցին թաղման գնացքների մասին, եւ սգո խարույկներն ու լողափերը լսեցին եւ տեսան մեծ ծառի մասին, որտեղ դժբախտ խոշոր եւրե վերցված, եւ որը գտնվում էր հարեւանությամբ: ինչ-որ նշում է արվել նաեւ սպիտակ կնոջից, որը մռայլ գլան էր ցատկել ռմբակոծումից եւ հաճախ լսել էր ձմեռային գիշերների ձմեռային գիշերներին, փոթորկի առաջ, փչելով այնտեղ, ձյան մեջ: պատմությունների գլխավոր մասը, այնուամենայնիվ, վերածվեց քնի քամու սիրելի հերոսին , անսպասելի ձիավորին, որը մի քանի անգամ ուշացել էր, երկրպագում էր երկիրը: եւ, ասվում էր, գիշերվա ընթացքում իր ձին գցել է եկեղեցիների գերեզմանների մեջ:

Այս եկեղեցու հետապնդվող վիճակը, կարծես, միշտ էլ այն դարձնում է անհանգստացած հոգիների սիրելի հովանավոր: այն կանգնած է մի դանակով, որը շրջապատված է մոխրագույն ծառերով եւ հեթանոսական արմատներով, որոնց թվում է պատշաճ, սպիտակեցված պատերը համեստորեն փայլում են, ինչպես, օրինակ, քրիստոնեական մաքրությունը , փայլուն երանգների միջոցով: մի նուրբ լանջին իջնում դրանից մի արծաթե թերթիկ ջրի, սահմանակից է բարձր ծառերի, որոնց միջեւ, peeps կարող է բռնել է կապույտ լեռներում hudson . Նայելու իր խոտածածկ բակը, որտեղ արեւի ճառագայթները կարծես թե հանգիստ քնում են, մտածում է, որ գոնե մահացածները կարող են հանգստանալ խաղաղության մեջ: եկեղեցու մի կողմում տարածվում է լայն փայտյա դել, որի մեջ ընկած ծառերի կոտրված ժայռերի եւ կոճղերի մեջ մեծ ճեղք է առաջացնում: գերեզմանի խորքային սեւ մասի վրա, եկեղեցու մոտակայքում, նախկինում փայտե կամուրջ էր գցում. Այն ճանապարհը, որը հանգեցրեց նրան, եւ կամուրջը, խիտ ծածկված էին ծառերի կողմից, որոնք ցրված էին այն մասին, նույնիսկ ցերեկը: սակայն գիշերը անհանգստացնող խավարը պատճառեց: նման էր անգլիացի ձկնորսի սիրելի արշավանքներից մեկը եւ այն վայրը, որտեղ նա առավել հաճախ հանդիպում էր: հեքիաթը պատմում էր հին բրուերի մասին , ամենահետաքրքիր անհավատը ուրվականների մեջ, ինչպես հանդիպեց ձիավորին, իր դիմացից վերադառնալով քնկոտ խոռոչի մեջ եւ պարտավոր էր կանգնել նրա հետեւից. Թե ինչպես են նրանք գլորել բուշի եւ արգելակել, բլուրից եւ ճահճից դուրս գալ մինչեւ կամրջի հասնելը: երբ ձիասպարը հանկարծ վերածվեց մի կմախքի, հին գմբեթին գցեց գետնին եւ ծառի գագաթներով վազեց փոթորիկով:

Այս պատմությունը անմիջապես համապատասխանում էր բրոնզե ոսկորների երեք հրաշալի արկածախնդրության , որը լույս աշխարի եկավ հեսսիյան, որպես ծագող ժոկեյ: Նա հաստատեց, որ հարեւան գյուղից երգելու երգերից մեկ գիշեր վերադառնալու դեպքում նա կեսգիշերին գերի է ընկել: որ նա առաջարկել էր մրցել իր հետ մրցավազքի համար, եւ պետք է հաղթեր նաեւ այն պատճառով, որ կատաղած ծեծի ենթարկեց գոբլինի ձին ամբողջ խոռոչը, բայց ինչպես եկան եկեղեցին կամուրջը, հեսսիան խփեց եւ փչացավ կրակ:

Այս բոլոր հեքիաթները պատմում էին այն մասին, որ խառնաշփոթը, որի հետ տղամարդիկ խոսում են մթության մեջ, միայն հիմա ունկնդիրների հեգնանքները, իսկ հետո խողովակի շողերով պատահական փայլը ստանալը խորանում է ichabod- ի մտքի մեջ : նա մարել դրանք տեսակի հետ մեծ քաղվածքների իր անգնահատելի հեղինակի, բամբակյա mather , եւ ավելացրեց, որ շատ հրաշալի միջոցառում է, որ տեղի ունեցած իր հայրենի պետության կոնեկտիկուտ , արիաւիրքներ, որը նա տեսել է իր գիշերային շրջում sleepy hollow:

Խայտառակությունը աստիճանաբար կտրեց: հին ֆերմերները հավաքեցին իրենց ընտանիքները իրենց վագոններում, եւ որոշ ժամանակ լսեցին խոռոչի ճանապարհիներով եւ հեռավոր լեռներով: իրենց սիրելի շղթաների ետեւում գտնվող հեքիաթների վրա հագած մի քանի քույրեր, եւ նրանց թեթեւամտ ծիծաղը, խառնաշփոթի խառնաշփոթի հետ, արձագանքեց լուռ անտառավայրերի վրա, փչում եւ փչում, մինչեւ որ աստիճանաբար մահացավ , եւ աղմուկի ուշ վայրում եւ բոլորը լուռ ու ամաչկոտ էին: ichabod միայն ետեւում, հետեւելով երկրպագուների երկրպագուների, ունենալու tête-à-tête է ժառանգորդ; լիովին համոզված է, որ նա այժմ հաջողության հասնելու ճանապարհին է: այս հարցազրույցում ինչ ես անցել, ես չեմ հավակնում ասելու, որովհետեւ, փաստորեն, i չգիտեմ. Մի բան, սակայն, ես վախենում եմ, պետք է սխալվել, որովհետեւ նա, անշուշտ, պատրաստել է, շատ մեծ միջակայքից հետո, օդով բավական ամայացած ու մութ է: oh, այս կանայք! Այդ կանայք! Կարող է արդյոք, որ աղջիկը իր կոկտեյթային հնարքներից որեւէ մեկով խաղա: նա խրախուսում էր աղքատ մանկավարժին, ընդամենը մի շամ, ապահովելու իր մրցակցի նվաճումը: երկինքը միայն գիտի, ոչ ես : թույլ տվեք ասել, ichabod- ը գողացել է մեկի օդի հետ, ով հեգնանքից խլում էր , այլ ոչ թե արդար կնոջ սիրտը: առանց աջ ու ձախ նայելու գյուղական հարստության տեսարանը նկատելու համար որը նա այնքան հաճախ էր նայում, ուղղակի գնում էր դեպի կայուն, եւ մի քանի սրտաբուխ բռունցքներով եւ փաթաթվածներով իր շողոքորթ բռունցքներով եւ բռունցքներով հարթեց նրա հարմարավետ եռաբեւեռներից, որտեղ նա քնած էր, ուտում էր եգիպտացորեն եւ սաղարթ լեռներ եւ ամբողջ տիեզերական հովիտներ եւ երեքնուկ:

Դա գիշերվա շատ կախարդական ժամանակն էր, որը ichabod , ծանր եւ սրտաբաց, հետապնդեց իր ճանապարհորդությունները homewards, երկայնքով լեռան լեռներում, որոնք բարձրանում վերեւում մնալ քաղաքը, եւ որ նա անցավ այնքան ուրախ է կեսօրին: ժամը նույնքան վատ էր, որքան ինքն իրեն: հեռու ներքեւում նրա ` tappan zee տարածել է իր մթին ու աղոտ վատնում ջրերի, ինչպես նաեւ այստեղ, եւ այնտեղ բարձրահասակ կայմ է շլյուպ, ծիավարություն հանգիստ խարիսխ տակ հողի. Կեսգիշերին մահացած հանգստանում նա կարող էր նույնիսկ լսել hudson- ի հակադիր ափից պահվող պահակախմբի աղմուկը բ) բայց դա այդքան անորոշ եւ զզվելի էր, քանի որ միայն այդ մարդու հավատարիմ ուղեկիցից իր հեռավորության մասին պատկերացում կազմեց: այժմ եւ հետո էլ, երկար ժամանակով ինչեցված աքաղաղի ճիչը, պատահաբար արթնացրեց, հեռու էր հեռու, որոշ ֆերմայի տներից հեռու գտնվող բլուրների մեջ, բայց դա ականջի մեջ երազող ձայն էր: նրա մոտ ոչ մի նշան է տեղի ունեցել, բայց երբեմն, երբեմն, ծովախորշի մռայլ կախարդն է, կամ, գուցե, հարեւան արշավանքի գագաթը, կարծես անկողնուն քնած է եւ հանկարծ անկողնում իր անկողնում:

Ուրվականների եւ գոբլինների բոլոր պատմությունները, որոնք նա լսել էր կեսօրին, եկավ իր հիշողությունների վրա: գիշերները մթնեցան մութ ու մութ: աստղերը կարծես թե ավելի ցածր լինեին երկնքում, եւ շարժիչ ամպերը երբեմն թաքցնում էին նրանց տեսողությունից: նա երբեք չի զգացել այդքան միայնակ եւ վախկոտ: նա, առավել եւս, մոտենում էր այն վայրի, որտեղ ուրվական պատմությունների բազմաթիվ դրվագներ են դրվել: է կենտրոնում է ճանապարհի կանգնեց հսկայական թուլիփ-ծառ, որը աշտարակավոր նման է հսկա վերեւում բոլոր մյուս ծառերի հարեւանությամբ, եւ ձեւավորված մի տեսակ ուղենիշ. Նրա վերջույթները չափազանց խոշոր էին եւ ֆանտաստիկ, բավականաչափ խոշոր էին, սովորական ծառերի կոճղերը ձեւավորելու համար, գրեթե ցատկում էին երկրի վրա եւ նորից վեր բարձրանում : դա կապված էր դժբախտ ուռեի ողբերգական պատմության հետ , որը դատապարտված էր ծանր վիճակում. Եւ հայտնի դարձավ խոշոր andré- ի ծառի անունով: հասարակ մարդիկ այն համարում էին հարգանքի եւ սնահավատության խառնուրդով, մասամբ, նրա անսովոր աստղադիտարանի ճակատագրի հանդեպ համակրանքից եւ մասամբ, տարօրինակ տեսարանների հեքիաթներից եւ աղաղակող ողբերգություններից, պատմում էր դրա մասին:

Ինչպես ichabod մոտեցավ այս սարսափելի ծառը, նա սկսեց սուլել; նա կարծում էր, որ իր սուլիչը պատասխանեց. Դա եղել է չոր ճյուղերի կտրուկ հատվածի պայթյուն: երբ նա մոտեցավ մի փոքր մոտ, մտածեց, որ նա տեսավ մի բան, որը սպիտակ էր, կախված էր ծառի միջով. Նա կանգ առավ եւ դադարեց լացը, բայց նայելով ավելի նեղ, ընկալեց, որ դա այն վայրն է, որտեղ ծառը փխրեց լույսի ներքո, սպիտակ փայտը ծնեց: հանկարծ նա լսեց մի ցնցող, նրա ատամները զրուցեցին, եւ ծնկները ծեծեցին դեմքին: դա եղել է միայն մեկ հսկայական ծաղկակաղի վրա մյուսի վրա, քանի որ դրանք ճարճատված էին: նա ծառից անցել է անվտանգ, բայց նոր վտանգներ են դնում նրա առաջ:

Մոտ երկու հարյուր րոպե ծառից, մի փոքր անցք անցավ ճանապարհը եւ վազեց ծիթապտղի եւ խիտ փայտավորված գլեն, որը հայտնի էր վիլիի ճահճի անունով: մի քանի կոպիտ տեղեկամատյաններ, որոնք կողք կողքի էին, ծառայում էին այս կամ այն հոսքի կամուրջի վրա: ճանապարհի այն կողմում, որտեղ փայտը ներխուժեց փայտ, մի խումբ կաղնու եւ շագանակներ, հող փռված վայրի խաղողի այգիներով, վրանով վառ գորշ մղեցին: անցնել այս կամուրջը ամենադժվար դատավարությունը: այդ նույն տեղում էր, որ դժբախտ andré էր գրավել, եւ տակ գաղտնի այդ շագանակ ու օղիները էին կայուն օծի թաքցրել, որը զարմացրեց նրան. Սա երբեւէ համարվել է արհամարհված հոսք, եւ վախենալով այն զգացմունքները, որոնք պետք է անցնեն մութից հետո:

Երբ նա մոտեցավ հոսքին, նրա սիրտը սկսեց խոցել: սակայն, իր բոլոր բանաձեւը, իր ձիերին տվեց կողերի կես կես միավոր, եւ փորձեց խճճվել կամրջի միջով. Բայց փոխարենը առաջ անցնելը, խեղանդամ հին կենդանիը լարված շարժում է արել եւ վազել է լայնությունը ցանկապատի դեմ: ichabod , որի մտավախությունները հետաձգվում էին հետաձգմամբ, մյուս կողմի շղթաները թափահարում էին եւ հակառակ ոտքով լաց լինում էին. Բոլորն ապարդյուն էին: նրա սթրեսը սկսվեց, դա ճիշտ է, բայց միայն ճանապարհի հակառակ կողմին սայթաքել է բրբբլեսի եւ լարված թփերի մի թփի մեջ: դպրոցի ուսուցիչը այժմ գրպանն ու գարշապարը նվիրեց հին վառոդի ողողված կողոսկրերի վրա, որը խփեց առաջ, ճնշելով եւ խեղդելով, բայց հանկարծակիի պես կանգնած էր կամրջի մոտ, որը հանկարծակի էր, որ գրեթե ուղարկեց իր հեծյալի գլուխը: հենց այս պահին է ծփացող թափառաշրջիկ կողմից կողմում կամրջի բռնել են զգայուն ականջը ichabod . Գետի մութ ստվերում, գետի եզրին, տեսավ ինչ-որ բանի, հսկայական, խեղճ ու ուժեղ: այն ոչ ոքի չի բորբոքվում, բայց կարծես հավաքված էր մթության մեջ, ինչպես հսկա հրեշին, որը պատրաստ է գարնան վրա ճանապարհորդին :

Սարսափած մանկավարժի մազերը սարսափով բարձրացան նրա գլխին: ինչ պետք է արվեր: անջատելու եւ թռչելն այժմ շատ ուշ էր. Բացի այդ, ինչ հնարավորություն կա փախչող ուրվականից կամ գոբլինից, եթե այդպիսին էր, որը կարող էր լողալ քամու թեւերի վրա: հետեւաբար, քաջության շոուն հրավիրելով, նա պահանջում էր խստացնել շեշտադրումները, «ով ես»: նա պատասխան չի ստացել: նա կրկնեց իր պահանջը դեռեւս տխուր ձայնով: դեռեւս պատասխան չկա: եւս մեկ անգամ նա վճռեց անսպասելի վառոդի կողմերը, եւ աչքերը փակելով, անխուսափելի տհաճությամբ առաջացրեց սաղմոսում: պարզապես այդ ահազանգի ստվերային առարկան դրեց շարժման մեջ, եւ խառնաշփոթի եւ կապի մեջ միանգամից կանգնեց ճանապարհի միջով: չնայած գիշերը մութ ու վախկոտ էր, սակայն որոշակի ձեւով այժմ հայտնի չէ: նա հայտնվել է խոշոր չափերի ձիավոր եւ տեղադրված է հզոր շրջանակի սեւ ձիով: նա ոչ մի առաջարկ չի արել մղձավանջի կամ սադրանքների մասին, սակայն ճանապարհի մի կողմում շարունակվում է, վազելով հին վառոդի կույր կողմի վրա, որն այժմ դարձել էր իր վախը եւ տառապանքը:

Ichabod , ով չուներ ախորժակ այս տարօրինակ կեսգիշերին ուղեկից, եւ bethought իրեն արկածախնդրության բրոմ ոսկորների հետ քառատրոփ hessian, այժմ կեանք իր նժույգ հուսալով թողնելով նրան հետեւում: անծանոթը, սակայն, ձիու արագացրեց հավասար տեմպերով: ichabod քաշեց եւ ընկավ զբոսանք, մտածելով, որ մնացին ետեւում, մյուսը նույնը արեց: նրա սիրտը սկսեց ընկղմվել. Նա ձգտում էր վերսկսել իր սաղմոսը, բայց նրա շրթունքների լեզուն լցված էր իր բերանի տանիքին, եւ նա չէր կարող ասել, թե ինչ է ասեղը: ինչ-որ բան այն էր, որ մռայլ էր եւ սարսափելի: շուտով սարսափելի կերպով հաշվի է առնվել: որ բարձրացող գետնին կանգնեցնելու համար, որը բերեց իր ընկերոջ ճամփորդին երկնքի դեմ, իսկայական բարձրության վրա, եւ ծածկված մի վերնաշապիկով, ichabod էր սարսափ էր հարվածել է ընկալելու, որ նա անհեթեթ է, բայց նրա սարսափը դեռ ավելի շատ է նկատել, որ գլուխը, որը պետք է հանգստանալ իր ուսերին, իր տան մեջ պոմպի մեջ առաջ էր շարժվում: նրա ահաբեկությունը հասավ հուսահատության. Նա ցնցեց ցնցուղի ցնցուղը եւ պայթեցրեց վառոդի վրա, հուսալով, որ հանկարծակի շարժվում էր ուղեկիցը սայթաքել: բայց սպեկտրը սկսեց լիարժեք ցատկել նրա հետ: հեռավորության վրա, այնուհետեւ, նրանք խճճված էին բարակ եւ բարակ: քարերը թռչող եւ փչում են ամեն առավոտ: իբրոբոդի կեղտոտ զգեստները օդում փչացած էին, քանի որ երկար ձգված մարմինը ձգել է ձիու գլխին, թռիչքի ջերմությամբ:

Նրանք այժմ հասել են այն ճանապարհին, որը դառնում է քնկոտ խոռոչ: սակայն հրացանը տիրող թնդանոթը, փոխարինելու փոխարեն, հակառակ հերթին արեց, եւ ձախը գցեց դեպի ձախ: այս ճանապարհը տանում է ծառերի ավազի մեջքին, մոտ մեկ քառորդ մղոնով, որտեղ անցնում է գոբլինի պատմության մեջ հայտնի կամրջը: եւ ընդհակառակը, դուրս է գալիս կանաչ բլոկը, որի վրա կանգնած է սպիտակեցված եկեղեցին:

Քանի դեռ ճզմված խուճապը իր անխոհեմ հեծյալին ակնհայտ առավելություն է տվել հալածանքների մեջ, բայց ճիշտ այնպես, ինչպես նա կիսով չափ էր անցնում խոռոչի միջով, թեւի գագաթները տվել էին, եւ նա զգում էր, որ սահում է նրա տակ: նա բռնեց այն պոմպով եւ ձգտեց պահել այն ամուր, բայց ապարդյուն: եւ ժամանակ է ունեցել ինքն իրեն փրկելու համար `հին վառոդը կոկորդի շուրջը կոտրելով, երբ թամբը ընկավ երկրի վրա, եւ նա լսեց, որ իր հետապնդողի կողմից ոտնահարվում է : մի պահ, երբ հանս վան ռիփփորի բարկությունը սարսափեցրեց իր մտքում, որովհետեւ նրա կիրակնօրյա թամբը էր. Բայց դա մանր մտավախությունների ժամանակ չէ: գոբլինը դժվար էր իր ճաշարաններում. Եւ (unskilful հեծանիվը, որ նա էր), նա շատ բան էր պահում իր տեղը պահելու համար. Երբեմն սայթաքում է մի կողմում, երբեմն էլ մյուսի վրա, երբեմն էլ ցնցվում է ձիու ողնաշարի բարձր գագաթին, բռնությամբ, որը նա վախենում էր, որ կախված էր նրանից:

Ծառերի բացումը հիմա ուրախացնում է այն հույսով, որ եկեղեցու կամուրջը գտնվում էր ձեռքի տակ: արծաթյա աստղի ձանձրալի արտացոլումը գետի ծոցում նրան ասաց, որ ինքը չի սխալվում: Նա տեսավ, որ եկեղեցին պատերը փայլում են ծառերի տակ: նա հիշեց այն տեղը, ուր բրոմ ոսկորները ի հոգեղեն մրցակիցն էր անհետացել: «եթե ես կարող եմ հասնել այդ կամուրջը», - մտածում էիխաբոդը , « ես ապահով եմ»: հենց այդ ժամանակ նա լսեց սեւ գագաթը եւ փչում է նրա հետեւից: նա նույնիսկ մտածեց, որ զգում է իր տաք շունչը: կողոսկրերի մեկ այլ հալածանքային հրաձգություն, եւ հին վառոդը կամուրջի վրա էր շարժվում. Նա ցնցեց փայլուն փայտի վրայից. Նա ստացավ հակառակ կողմը. Եւ այժմ ichabod հետեւում նայելու համար, թե արդյոք իր հետապնդողը պետք է անհետանա, ըստ կանոն, հրդեհի եւ ծծմբի փայլով: հենց այդ ժամանակ նա տեսավ գոբլինը, որ բարձրանում էր իր ձիերով, եւ նրա գլխին փաթաթելով: ichabod ձգտել է խուսափել սարսափելի հրթիռ, բայց շատ ուշ: այն բախվել է իր խորանի հետ, իսկայական վթարի հետ, - ցեխոտվելով փոշու մեջ, եւ վառոդը, սեւ մոխրագույնը եւ գոբլինի նստածը, անցան նման եղանակի:

Յաջորդ առավոտյան հին ձին հայտնաբերվել էր առանց իր հեծանիվը եւ իր ոտքերի տակ ծածկված խոտի խոզաբուծությամբ վարպետի դարպասի մոտ: ichabod չի կատարել իր տեսքը նախաճաշում; ճաշի ժամը եկավ, բայց ոչ ichabod . Տղաները հավաքվել էին դպրոցում, եւ գոռալով գոռալով գետի ափերին, բայց ոչ մի ուսուցիչ: hans van ripper այժմ սկսում է զգալ անհանգստություն վատ ճամբարի ճակատագրի մասին եւ նրա թամբը: ոստիկանի հետաքննություն է իրականացվել, եւ ջանասիրաբար ուսումնասիրելուց հետո նրանք եկել են նրա հետքերը: եկեղեցուն տանող ճանապարհի մի մասում հայտնաբերվել է կեղտոտ հեծյալը: ձիերի հողերի հետքերը, որոնք խորը ցատկում էին ճանապարհին, եւ ակնհայտորեն, բուռն արագությամբ, հայտնաբերվել էին կամուրջին, որից դուրս է գալիս գետի լայն հատվածի ափին, որտեղ ջուրը վազում էր խորը եւ սեւ, հայտնաբերվել է գլխարկը դժբախտաբար, ichabod- ի եւ մոտ կողքին, փշրված դդում:

Գետնին փնտրվում էր, բայց դպրոցի տնօրենը չէր հայտնաբերվել: hans van ripper, որպես իր գույքի կատարող, ուսումնասիրել փաթեթը, որը պարունակում էր իր աշխարհիկան ազդեցությունները: նրանք բաղկացած էին երկու վերնաշապիկով եւ կեսից. Պարանոցի երկու պաշարները. Մի զույգ կամ երկու վատագույն ծաղկեփնջեր; մի հին զույգ փոքրիկ հագուստ: ժանգոտած ածելի աշտանակ; սաղմոսի գիրք, լիքը լացկոտ ականջներով; եւ կոտրված սկիպիդար: ինչպես նաեւ գրքերի եւ կահույքի դպրոցումն, նրանք պատկանել են համայնքին, բացառությամբ բամբակ mather ի »պատմությունը կախարդության,« ա »նոր անգլիային «ալմանաս» եւ երազների եւ բախտորոշ պատմությունների գիրք, որոնցում վերջինը եղել է խեղաթյուրված գրքույկ, որը շատ բրիտանացի է եւ զզվելի է մի քանի անվերջ փորձերի մեջ `վան տասելի ժառանգորդի պատվին կատարված հատվածների պատճենը: scans անմիջապես հանձնվել է կրակի կողմից hans van ripper, ով, այդ ժամանակից առաջ, որոշել է ուղարկել իր երեխաներին այլեւս դպրոց, հետեւելով, որ նա երբեք չի գիտեր, որ որեւէ բարի եկամտի այս նույն ընթերցմամբ եւ գրելու ինչ գումար է ուսուցիչը ունեցավ, եւ նա ստացել էր իր եռամսյակային վճարը, բայց մի օր առաջ կամ երկու օր առաջ, իր անհայտ կորած լինելու ժամանակ նա պետք է ունենար իր անձը:

Առեղծվածային իրադարձությունը եկեղեցին շատ կիրառում էր առաջիկա կիրակի օրը : հեթանոսների եւ բամբասանքների հավաքածուները հավաքվել էին եկեղեցու այգում, կամրջի մոտ եւ տեղում, որտեղ հայտնաբերվել էր գլխարկ ու դդում: հուշարձանների , ոսկորների եւ ուրիշների մի ամբողջ բյուջեի պատմությունները հիշատակվում էին, եւ երբ նրանք ջանասիրաբար համարում էին դրանք եւ համեմատեցին ներկա գործի ախտանիշները, նրանք գլուխները կոտրեցին եւ եկան այն եզրակացության, որ ichabod- ը դուրս է եկել հսկայական հեսսիայից: քանի որ նա բակալավր էր, եւ ոչ ոք պարտք չէր, այլեւս ոչ ոք իր գլուխը չտեսավ նրա մասին. Դպրոցը հանվել է քանդվածի մեկ այլ քառորդին, իսկ փոխարենը, մեկ այլ մանկավարժ:

Դա ճիշտ է, հին հողագործ, ովքեր եղել են նոր york ին այցով մի քանի տարի հետո, եւ որուն վրայ այս հաշիվը հոգեվոր արկածային է ստացվել, տուն են բերել հետախուզական որ ichabod վերամբարձ էր դեռ կենդանի է. Որ նա թողել էր հարեւանությամբ մասամբ վախից goblin եւ հանս վան ripper, եւ մասամբ ճնշելը ժամը լինելով հանկարծ ազատվել է իրավահաջորդն. Որ նա փոխեց իր տեղերը երկրի հեռավոր հատվածում. Միեւնույն ժամանակ պահեց դպրոցը եւ սովորեցրեց օրենքը. Ընդունվել է բար: վերածվեց քաղաքական գործչի. Ընտրատարածք; թերթերի համար գրված; եւ վերջապես կատարվեց տասը Ֆունտ դատարանի արդարադատություն: brom ոսկորները նույնպես, ով, իր հակառակորդի անհետացման անմիջապես հետո, ծաղկում էր քաթրինան հաղթանակի մեջ էր զոհասեղանին, դիտվում էր գերազանցապես իմանալով, թե երբ էր ichabod- ի պատմությունը կապված էր եւ միշտ դառնում է սրտանց ծիծաղի մեջ դդումի հիշատակման մեջ. Որը հանգեցրեց որոշ կասկածյալներին, որ նա ավելի շատ բան գիտեր այդ հարցի մասին, քան թե նա ընտրեց:

Հին կանայք, սակայն, ովքեր այս հարցերի լավագույն դատավորներն են, պահպանում են այս օրվանից, որ ichabod- ը հոգեհարազատ է գերբնական միջոցներով. Եւ դա սիրելի պատմություն է, որը հաճախ պատմում է հարեւանության մասին ձմեռային երեկոյան կրակին: կամուրջը ավելի քան երբեւէ դարձավ սնահավատ վախի առարկա. Եւ դա կարող է լինել պատճառը, որ ճանապարհը փոխվել է վերջին տարիների ընթացքում, որպեսզի եկեղեցին մոտենում է millpond սահմանին: շուտով ամայի տեղ ընկած դպրոցը ընկավ քանդվելուց եւ հաղորդվել էր ցավալի մանկավարժի ուրվականի կողմից, եւ գրատախտակը, որը դեռեւս ամառային երեկույթի գիշատիչն էր, հաճախակի իր ձայնը սքանչելի է զգում, աղմկելով սգո երգով: քնկոտ խոռոչի հանգիստ մթնոլորտը:

Գրառումները:

Հայտնաբերվել է mr- ի ձեռագրով : կոճակողը:

Նախորդ հեքիաթը գրվում է գրեթե այն ճշգրիտ բառերով, որոնցում ես լսել եմ, որ դա կապված է հինավուրց մանհեթոնների քաղաքապետարանի հանդիպման ժամանակ, որտեղ ներկա էին նրա ամենախոշոր եւ ամենահայտնի ծուղակներից շատերը: պատմիչը հաճելի, շփոթված, ջենտլմենական հին ընկեր էր, պղպեղի եւ աղի հագուստով, տխուր հմայիչ դեմքով, եւ ես խիստ կասկածվում է աղքատ լինելու մեջ, նա նման ջանքեր է գործադրել, զվարճալի լինելու համար: երբ նրա պատմությունը եզրափակվեց, շատ ծիծաղ ու փորձություն էր տեղի ունենում, հատկապես երկու կամ երեք պատգամավորներից, ովքեր քնած էին ժամանակի մեծ մասը: սակայն մի բարձրահասակ, չոր տեսք ունեցող հին պարոն, բաճկոնով հոնքերով, որն այժմ պահպանում էր ծանր եւ բավականին ծանր դեմքը, այժմ եւ հետո ծալեցնում է իր ձեռքերը, ներքեւում եւ գլուխը նայելով, կարծես վերածվում է կասկածի տակ է դնում իր մտքում:

Նա ձեր զգուշավոր մարդկանցից էր, ովքեր երբեք չեն ծիծաղում, բայց լավ հիմքերով, երբ նրանք ունեն իրենց պատճառաբանությունը եւ օրենքը: երբ մյուս ընկերության ծաղրանկարը սուզվել էր, եւ լռությունը վերականգնվել էր, նա իր աթոռի անկյունում մի ձեռքը հենեց, եւ մյուս ակիմբոնին կպչում էր, պահանջում էր գլխի մի փոքրիկ, բայց չափազանց ծաղրածու միջնորդությամբ,եւ ճզմում, ինչը պատմության բարոյականությունն էր եւ ինչն էր ապացուցել:

Պատմությունը, որն իր շրթունքներին պարզապես մի բաժակ գին է դնում, որպես թարմացումներ, հետո մի պահ կանգ առավ, նայեց իր հարցազրուցիչին անսահման հարգանքի օդի հետ, եւ դանդաղ սեղանին իջեցրեց ապակին, նկատել է, որ պատմությունը նպատակահարմար էր ապացուցել,

«որ կյանքում գոյություն չունի, բայց ունի իր առավելություններն ու հաճույքները, եթե մենք կխնդրենք կատակով, քանի որ գտնում ենք այն,

«այդ պատճառով, որ նա, ով վազում է գոբլինի զինվորների հետ, ամենայն հավանականությամբ կունենա կոշտ ձիավարություն:

«Էրգո, մի երկրի ուսուցիչը հրաժարվում է հոլանդական ժառանգորդի ձեռքը որոշակի քայլ է պետության մեջ բարձր նախապատվության համար»:

Զգուշավոր հին պարոնայք, իր բացատրությունից հետո տասն անգամ ավելի շոշափում էին զառախաղը, սիլլոգիզմը խիստ անհանգստացնող, իսկ պղպեղ-աղի մեջ մանրեցվածը նրան նայում էր հաղթական բռնակալով: երկար ժամանակ նա նկատեց, որ այս ամենը շատ լավ էր, բայց նա դեռ մի քիչ մտածեց, թե պատմությունը մի քիչ էլ շռայլ է, մի կամ երկու միավոր, որոնց վրա նա կասկածներ ունի:

«հավատք, սըր», - պատասխանեց պատմիչը, «այդ դեպքում, ես չեմ հավատում դրա կեսը»: դք

Վերջ.